悠久の宇宙の中の二人

河野　弘景

東京図書出版

まえがき

読者の皆様へ。

本書『悠久の宇宙の中の三人』をご購入頂き、誠に有難うございます。この作品を書きたいと考えついたのは、ある女性との運命的な出会いからでした。

私は宇宙や科学、哲学、神学、言語学に大変に興味があり、特に宇宙の成り立ちを常々考えています。特に、光に興味を持っています。物理学の本で学んだ光の性質は、確かに理論立って見えますが、恐らく、一万年後には、「何て稚拙な理論なのだ」と言われている事でしょう。現在の科学者が、中世以前の学者達の間違いを指摘するように。

科学は近代に入り、より急速に進歩を遂げています。それに伴い、地球環境は最悪の方向に向かっています。このままでは、地球の未来はどうなってしまうのだろうという観点から、この小説を書かせて頂いています。

この小説自体は、文系寄りに物語を構成し、男女の純愛を中心に書いています。格好の悪い主人公である男性と、美しい二人の女性の物語です。

是非、読者の皆様には、この本を手に取って、人間はこう生きるべきであるという著者の意図を、文章だけではなく行間からも読み取って頂いて、一つの波乱万丈で楽しく爽やかな物語を、疑似体験して頂きたいと考えます。

悠久の宇宙の中の三人　目次

序　章　運命の絆

初夏が訪れた。愛知県の外れのこの小都市、豊田市ならではの夏の到来だ。微かに、木々の匂いが薫ってくる。夏は特に。太陽光で木々が蓄えている水分が蒸発し、また木々の樹液が蒸発し、薫ってくるのだ。

三河地方は、夏には風は南から吹いてくるが、海が遠く潮の薫りはしない。偶に、伊勢湾、特に名古屋港辺りのヘドロと工業用水で濁った海水の臭いは漂ってくる。

遠い遠州灘の海から吹いてきた風が三河の山にぶつかり対流し、潮の薫りが無くなり、代わりに木々の匂いが薫る。この地方独特の車の排気ガスの臭いは、すぐに山々の木々に浄化され、木々からの瑞々しい透明な大気へと還元される。人工の世界が、圧倒的な自然に囲まれているのだ。

郊外は動物達の楽園だ。山麓を少し登ると、野生の鹿や猪、猿など、動物園に観に行く必要がないくらいに偶然的に遭遇する。山道ではなくとも、郊外の道路を車で走っていると、運の悪いドライバーがそれらの動物を轢いてしまい、大惨事になる事がある。

政令指定都市である名古屋市から東に車で走って一時間。都心部のように枝分かれしていない一本道の電車では数十分の距離に、この小都市は存在する。

空気が澄んでいる。工場と、その工場で働く人達のベッドタウンからなるこの小都市は、三河の山麓に二方向を囲まれている。名古屋市からひと続きの住宅街の西側以外と岡崎市に続く南以外の方向だ。

北は遠くに岐阜に続く山々が連なる。北に車で向かうと、戸越峠猿投山に入り、西に瀬戸焼で有名な瀬戸の街並みを望み、更に北に向かうと東に、山並みに点在する温泉街がある。更に進むと、多治見市、土岐市と古い歴史ある土地に出る。その先の、飛騨の山並みと高山の山並みの間に、下呂温泉の温泉宿の古い町並みが埋もれている。

東の山並みは、全国でも有名な旧足助町や香嵐渓を見ることができる。その麓から山麓を登ると、松平氏発祥の地、松平郷がある。更に山道を登ると、山頂の小さな村、旧作手村に出る。

日本には四十七都道府県があり、我々が生きている現時点では総人口が一億二千七百万人である。愛知県は日本の県別人口数四位と上位の県で、人口は約七百五十万人である。その愛知県の外れのこの小都市の人口は四十二万人強。

この小都市の財政は自動車産業で潤っている。アメリカのデトロイトのような複数の自動車産業の集積地のような土地ではなく、世界一位の自動車販売台数を誇る唯一つの自動車会社と、その関連企業が存在しているのだ。この小都市だけでなく、愛知県全体がその恩恵を被っている。

この物語は、その小都市での運命的な出会いから始まった。

第一章　蛍

遠くに見えていた山脈が、次第に近づいてきた。六月末日の土曜日の夕暮れ。時刻は十八時五分過ぎである。

夕映えが、山脈を金色に映えさせている。車の向かう方向は真東。ちょうど、夕日を背に車の向かう先を照らしてくれる。

車は、山脈の麓に差し掛かり、国道三〇一号の山道を上っていくところだ。

先程は、幅の広い一級河川の巴川が右手に見えていたが、先の道から左折してこの国道に入ってからは、左手に幅のやや狭い一級河川の滝川が崖下に見下ろせる。見下ろせると言っても、車からは木々や茂みで実際には川の流れが途切れ途切れでしか見えないが、渓谷が見下ろせるのだ。

低く落ちた太陽の角度の無い夕映えで、渓谷の谷間は薄暗く見えない。渓谷をなす対岸の丘の辺りだけ複雑な七色の色合いをしていて、時折、その反射光が車のサイドガラス越しに運転手の左顔を照らし、彼を困らせている。

青色のステーションワゴンで向かう旧作手村。両親と姉弟皆を乗せる目的で購入した、七人乗りの日本製中古車だ。車には今、乗員が二人いる。一人は運転席の白野広也。隣の助手席には真鍋華子。

広也と華子は、一カ月前に見合いで知り合った。仲人は、広也の父の大学時代の男友達で、水谷という名家の男の妻だ。水谷は、妻の家に婿入りした男だ。父と同じ、東京の名門私立大学の出で、岐阜県で小さな会社を経営する水谷姓の妻の元に、若い時分に養子縁組して婿入りした。

その妻の趣味が仲人だった。知人、友人、遠いつての同年代の顔見知りから、息子、娘の写真と経歴書を集めて、幾つもの冊子として手元に置いている。それで、知り合いに声をかけて、名家の者同士の見合いをさせて、それを成就させて彼女自身の心を満たしている。

広也の家は名家とは程遠いが、仲人が父の友人の妻ということで、見合いに漕ぎ付けたのだ。それで、何故だか見合い相手の華子に、広也は大層気に入られて付き合いが始まった。

広也の家は、両親と三人の姉弟がいる。一人は一歳年の離れた姉。真ん中に広也。二歳年の離れた弟。

両親は至って普通で、名門私立大学を出た父は既に定年退職していて、母も証券会社で定年を迎えて、神奈川県横浜市の実家を引き払って、広也のいる愛知県のこの小都市に越してきた。両親が高齢の時に広也は誕生したので、長男である広也を頼って両親も今の土地に移り住んだ。

広也は名古屋市に校舎のある国立大学を七年かかって何とか卒業した、所謂、ゆとり世代の育ちだ。いい意味で性格がのんびりしている、悪く言えば鈍重な男だ。今は、この小都市にある、自分の乗っている自動車会社のエンジン部品を作っているサプライヤー企業に勤めている。入社十年目だが、しかし、その性格ゆえ出世は望めない。

一方、華子の家は名古屋市の地下鉄星ヶ丘駅の傍にあり、華子は名家のお嬢様だ。星ヶ丘は名古屋市の中でも有数の高級住宅地で、有名な百貨店もある。華子は、平日は名古屋市の保育園で子供達の面倒を見たり、一緒に遊んだりする保育士をしている。歳は三十歳を少し超えた年齢だが、ふくよかなせいか実年齢よりもずっと若く見えた。出会って数回だが、華子は心底、心の優しい女性だと広也は感じた。顔つきだけでなく、身体中から優しいオーラが溢れ出ているのだ。

そんな華子だから、のんびりした印象のある広也を一目見て気に入って、付き合いが始まった。

一カ月前の見合いは、ＪＲ名古屋駅傍のホテルだった。ホテルのロビーの吹き抜けの喫茶店で広也が緊張して待っていると、白髪の女性に連れられて上下淡い灰色の服に身を包んだ華子がやってきた。

身長があまり高くない細身の広也と対照的に、華子は身長が広也より五センチ程高く、ふくよかだ。広也は両親から、どんな女性であっても自分からは断るなと言われていたが、一目で華子を気に入った。

その週末に名駅と栄で二回デートした後に、栄でのデートの帰り道で、三回目のデートは、広也が思い切って「今、ちょうど時期的に蛍を観る事が出来るので、旧作手村までドライブに行きませんか？」

と誘った。

華子は口元に微笑を湛えて、

「喜んで！　喜んで！」

と、二つ返事で答えてくれた。

当日、名古屋市から遠く離れたこの小都市の両親と同居する一戸建ての自宅から、グリーンロードという有料道路を通って、広也は華子を星ヶ丘駅前まで迎えに来た。それで、来た道を帰り、この小都市の東に位置する山麓に蛍を観に来ているのだ。

この小都市は、平地でも河川沿いなら蛍を観ることが出来る。しかし、最盛期でもちらほらしか観る事ができない。だが、山間に入ると、眩いくらいの光量の蛍を観る事が出来るのだ。

車が山間部に入った。車内に心地よい邦楽の音楽を、会話の妨げにならないくらいの音量でかけている。その音楽が夕焼けの紅橙色の景色に薄化粧をして、二人に快適なときめきの時間を提供する。

未だ、見合いの時を除き、三回目のデートなので会話が所々ぎこちないが、お互いへの淡い好意を言葉の節々に乗せている。車はゆるい登り坂、急傾斜の登り坂を経て、小さな山間の集落を通りすぎていく。

中学生らしき自転車に乗った、白いTシャツに深緑色の半ズボン姿の少年、少女の集団が、車と同方向の行先に傾斜に逆らって懸命に立ちこぎをしている。人影は彼等以外には全く無い。古い造りの家々が、ぽつりぽつりと道沿いに建っているだけだ。

華子との会話を楽しむ一方で、広也は今日、どこの蛍の出現場所で、蛍を観察しようかと思案していた。やはり、雄蛍の照らす青緑色の灯が、出来るだけ多い方が良いに決まっている。その場所は、広也が一番気に入っている旧作手村のある山頂近辺の小川ではなく、国道三〇一号を山麓の途中で左の小道に曲がった、小さな小川のある田圃地帯なのである。

しかし、ここでは地元の近隣住人が蛍を観に来るし、観光客にもよく知られている。そんな中で、華子に雄蛍の尻が作り出す地上の星空を贈っても、雰囲気が台無しだ。名古屋市の都会育ちの華子は、今まで生きてきた中で蛍の灯を一度も見た事が無い。そういう絶好の事実から、暗闇に包まれた二人だけの間で流れる永遠に続く悠久とも思える時間の中で、蛍の求愛の形という、蛍が織り成す幻想的な光景を利用し、華子からの広也への好意を絶対的にする瞬間。それがこの初夏の六月から七月の間だけで可能な、この土地ならではの愛の形の贈り物ができる。

広也は、大学の工学部を卒業した技術者でありながら、趣味で蛍の研究家もしている。蛍が、ルシフェラーゼという発光酵素による化学反応を利用し尻を青緑色に点滅させる事も当然知っている。

生物は不思議だ。研究者達が躍起になって、つい近年に漸く解明した物質同士の化学反応の利用を、いとも簡単に進化の過程で成し遂げる。生命の神秘である。脳が理解する前に、遺伝子にその有用な情報や効能を取り込む。否、脳を持たない生物達でも、その無意識の自然界の遺伝子操作を繰り返す。

そうして、生物は進化を遂げ、機能を発達させてきたのだ。脳を持たない単細胞生物から、霊長類の頂の人間まで進化してきた。これは素晴らしい事だが、人間が解明すべき永遠のテーマでもある。


国道三〇一号を巴川の横道から入って、旧作手村に到着するまでコンビニエンスストアは二軒ある。だが、一軒は山頂の平地に佇む旧作手村の中にあるため、途中で厠の休憩を取るのと、地元民に蛍の出現状況を聞き込むには、事実上、山麓の中程にある一軒の店に寄るしかない。

「ここでトイレ休憩をしましょう。蛍の観られる場所にはトイレはありませんから」

店の駐車場に着くと、広也は華子にそう言って車を降りた。店で飲み物と軽食を買った。蛍を観られる場所の小川の藪の上の畦道で、蛍の煌びやかな光を観ながら、華子と食べる為のものだ。

店員の若い女の子に広也が訊くと、国道から店舗の横道を入った、奥まったところにある、昔で言う隠し田で今、蛍が最盛期だが、今日は観光客で賑わうとのことだった。広也はそれを聞き、決心した。やはり、自分の勝手知ったる旧作手村手前の、古ぼけて錆びた赤い金属製欄干のある見晴らしの良い場所に向かおうと。そこで、折り畳み椅子に腰かけて、食事をとりながらのんびり二人だけで蛍を眺める。

夜半頃には、雄蛍は習性から尻の青緑色の瞬きを止める。動物には発情期があるからだ。人間と同じで、年がら年中、性欲を感じていると、人間社会、経済社会、労働の観点でも男女混合で仕事など出来ないのと同じだ。仕事中には、普通の人間は仕事に集中して異性を意識しない。


車で暫く走ると、例の欄干の橋手前に到着した。この橋はコンクリート製で頑丈で、五メートル下くらいに小川を見下ろせる。明るいうちには、遠くに森を見渡せる田園風景なのだが、今は暗く何も車外に見えなかった。時刻は二十時を回っていて、辺りは真っ暗だった。

広也と華子は車を降りた。六月末だが、三河の山の山頂付近は標高数百メートルで気温が十五度前後しかなく、広也は半袖シャツから露わになった両腕に鳥肌が一瞬でたった。

「今日は蛍が観られそうもないな。無駄足だったか……」

広也は心の中で呟いた。この温度では、未だ蛍は幼虫から成虫になっていない。経験からそう解った。つまり、今日この場所では蛍の光は観られそうもないのだ。

山頂の天気は変わり易い。車を側道に停め、二人が車を降りたとほぼ同時に、疎らな雨粒が真っ暗な空から落ちてきて、露わになった肌を冷たく刺激した。

広也と華子は橋の上の欄干越しに、橋下の小川辺りを覗き込んだ。微風が二人の髪を軽く撫でた。華子は逢瀬の為に今日の午前に、美容院で綺麗に整えてきた髪が風に吹かれて雨に濡れるのを嫌がるように、頻りに髪を掌で撫ぜた。

華子は真っ暗な橋下を見て、終始無言である。広也は暫く真っ暗な小川の深い藪を見下ろして、諦めたように顔を左横に向け華子の顔色を窺った。何故か、華子が口元に微笑を湛えている。華子の右手の人差し指が、橋下の小川の藪の一点を指していた。

広也がその方角を見下ろす。その数秒後、真っ暗な藪の中で、一点の青緑色の光が一秒間程、点滅した。

「小さくて、儚くて、綺麗な光ですね。生まれて初めて蛍を見ました」

華子が広也の顔を覗き込むように言った。

広也は華子の微笑につられるように、微笑み返した。二人で暫く、その蛍の点滅を無言で眺めていた。二人の気持ちは既に、長年連れ添ってきた恋人同士のように通じ合っていた。

翌日の月曜日に、会社に広也が出勤すると、昨日の逢瀬のおかげか、仕事も捗った。但し、終始、にやけていた。充実した時間が、流れていく。

広也は本来、理系出身だが、そのおっとりした性格から、今は総務人事部で仕事をしている。総務人事部の仕事は事務仕事だ。難しい仕事もあれば、極々、簡単な仕事もある。難しい仕事は、会社の式典の準備運営や、会議の準備運営、議事録の作成。簡単な仕事は、社内の交通安全業務だ。かと言って、一切として広也は手を抜かない。寧ろ、仕事を早く行い過ぎて、手が余るほどだった。理系の研究職より、数段、仕事の負荷が軽いからだ。


会社帰りに寄る喫茶店に、今日も寄った。車で会社から十分の距離にある、喫茶店のチェーン店。同僚と一緒ではなく、一人きりでだ。その理由は、今日が彼女の出勤日だから。名古屋市にある、女子大学に通う女子大生。顔がふっくらしていて、広也とよく話をしてくれる。はっきりいって好みだ。だからといって、広也には見合い相手がいる。彼女に対して淡い好意を持っているのみ。

「こんにちは、アイス珈琲下さい」

広也がカウンターで注文すると、

「今日も有難うございます。お仕事お疲れ様です」

彼女が答えた。

初夏で、上着は着ていないがYシャツとスラックス姿なので、直ぐに会社帰りだと気付かれてしまう。本当は会社帰りに私服の格好の良いものに着替えてきても良いのだが、彼女の仕事シフトが合わないと、会えずに空ぶってしまい、惨めな気持ちになるので、仕事服のままで来るようにしている。

客が疎らなので、他愛のない会話を一分ほどして、飲み物を受け取り、席に着いた。時折、彼女の仕事姿をチラ見しながら、ガラス越しに外の景色を見た。幹線道路沿いのこの店舗の前は、車社会のこの小都市に工場のある自動車会社の車種で溢れかえっている。

寛ぎの時間だ。見合い相手との関係が上手くいっていて、素敵な女子大生のいる喫茶店で好きな珈琲を飲む。こんな幸せな時間が永遠に続いてほしいと広也は願っていた。

第二章　運命

自宅の庭の家庭菜園に黄色い大輪の向日葵が満開だ。

神奈川県横浜市に住んでいた両親が、この愛知県の東に位置する小都市に引っ越してきて早十年。すっかり、両親も関東人から愛知県民になってしまった。広也はこの土地に来てから、十七年になる。

広也は親元を離れるつもりで愛知県の国立大学に入学し、単身、この土地に引っ越してきた。しかし、同じ歳同士の両親が共に定年退職してから、両親二人だけで横浜で暮らすのは心細いと言うので、また両親と同居し始めたのだ。姉は嫁に行き、広也は長男であるから年老いた親の面倒を見る。それが世の常だ。当然、受け入れた。

それで、両親が家を売ったお金と、広也の銀行からの貸付金で、この小都市の郊外に一戸建ての家を購入した。

両親はバブル経済の孤児だ。両親は、子供達がまだ幼く東京に住んでいた頃は、父の勤める会社の社宅に住んでいた。それが、まだ自然の残る横浜市に一階の庭付きマンションを購入して、それが一千万円だった。両親は共働きだったから、すぐに簡単に借金を完済した。

時はバブル期に入った。土地の値段は高騰し、実際の価値を上回った仮想の値段になっていた。母は一流証券会社の横浜支店に勤めるキャリアウーマン。会社の伝で、高級住宅街にある土地付き一戸建ての家を探した。それは母の見栄もあったに違いない。その時に両親の年齢は四十歳を超えていた。

広也の母の勤め先は、ＪＲ根岸線の関内にあった。当然、根岸線の沿線を探した。ＪＲ本郷台駅付近の高台に、その証券会社が関係している住宅街があった。もちろん、一流証券会社関係の住宅街なので、高級住宅街だ。既に、十数年前に分譲済の。

母は躍起になり、そこの物件を探して一件の物件を漸く探し当てた。十数年前に分譲して売り出された価格は五千万円。しかし、そこの家主一族が母にふっかけてきた。一億円でなら売るというのだ。

会社を通して家を探していた母の見栄だ。特に、母の同年代の同僚女性達の目がある。引くに引けずに、両親で話し合いその家を購入するに至った。両親二人で九千万円の借金を背負った。月の返済額は三十五万円で、稼ぎ時の両親二人には楽な額だった。

幸せな生活が始まった。姉は学区一番の県立高校に進学した。広也は学区二番手の市立高校に続いて進学し、弟は有名私立高校に進んだ。姉は塾に通い、弟二人は家庭教師がつけられた。広也と弟は、同じ家庭教師に一緒に同じ時間に勉強を見てもらう事になり、父が近所の難関有名私立大学の大学生を連れてきた。

週二回、三時間の家庭教師による個別指導が始まった。何と、父は時給二千円が相場の大学生家庭教師に対して、時給四千円を払ったのだ。その家庭教師は日に一万二千円、週に二万四千円、月に約十万円を手にした。

その家庭教師は、個別指導を広也と弟に始めて半年で、新車の小型国産車を購入した。家庭教師は、広也と弟に頻りに新車の自慢をしていた。色がどうだの、性能がどうだの。高校生の広也には、何が何だかさっぱり理解できなかった。

それである日。その家庭教師が落ち込んでいて、勉強の指導に身が入らない時期があった。それで兄弟を代表して広也が、

「先生。きちんと勉強を教えて下さい」

と懇願した。

家庭教師は徐に話を始めた。購入した新車が廃車になったと言うのだ。それは広也にも理解出来て、要するに家庭教師は交通事故を起こしたのだ。何でも車三台の事故で、片側

二車線の走行車線を家庭教師の車が走っていたら、前方に駐車車両があり追い越し車線に避けたら、真横を車が走行していて車三台が追突したのだ。その事故の処理に今、家庭教師は奔走しているとのこと。

それを広也が父に話したら、父が激怒した。家庭教師が勉強の指導で家を訪問した時に居間に呼びつけ、三時間説教をした。家庭教師は、何度も詫びて家庭教師を続ける事を懇願したが、結局、父の怒りは収まらずに、家庭教師を首にした。それで、広也と弟は、姉と同じ塾に通う事になった。

広也の祖父は、広也が小学生の時に他界していた。そのため、祖母が一緒に暮らしていたが、祖母は認知症を患っていた。祖母は今食事をしたのに、広也の母に、

「あんた、飯も食わせてくれんのかね？」

と、何度も言う事を繰り返した。母は、仕事、家事、子育てを両立している身だ。それで、祖母と母の間に溝が生まれた。母は仕事で疲れて家に帰ってくると酒を煽り、父に悪態を吐いた。それで、家族関係がその時期に崩壊したのだ。それが、広也が親元を離れるきっかけだった。

広也も母の気持ちが解った。しかし、祖母は広也の父にとっては、唯一人の母親だ。父

は思案した果てに、子犬を一匹飼う事を提案した。子犬を家族皆で育てる事で、家族の絆を深めようとした。

祖母は、子供の頃に犬を飼っていた事があった。名前は「ジョン」といったそうだ。父と祖母で保健所に行き、保護されている子犬の中で、薄茶色の雑種の一番かわいらしい子犬を選んで、連れて帰ってきた。その犬が「ジョン」に一番似ていたと祖母が言った。

広也の父は、広也と弟に、その子犬の名前を付けるように命じた。子犬は垂れ耳の雌犬だ。滅法、かわいい子犬なので、「さくらんぼ」に因んで、英語で「チェリー」と名付けた。

ここでまた、広也の母と祖母の間で溝が生まれた。祖母以外の家族の皆は、愛犬を「チェリー」と呼ぶのに対し、祖母は愛犬を「ジョン」と呼ぶ。愛犬も困り果てて、うろうろしていた。子犬は雌犬なのに、「ジョン」では雄犬の名前に思える。その違いを父、母が何度も祖母に説明しても、祖母は一旦は納得しても、すぐに認知症の為にその事を忘れて、愛犬を「ジョン」と呼ぶ。そして祖母は夜中に徘徊を繰り返して、それが家の外にまで及んで近所迷惑になった。家族皆が、イライラしていた。

広也はそんな祖母を虐待し始めた。勿論、暴力を振るうのではなく、態度でだ。祖母は広也が読んでいた漫画雑誌を部屋に持ち入り、広也が捜すと必ず祖母の部屋にあった。それを口実に、広也は祖母を責めたてた。

その背景には、広也の母の存在があった。広也の母は常々、広也に対して、

「お母さんは、嫁入りの時に、お婆ちゃんに虐められたのよ」

と言っていたので、それに対して反感を持っていたのだ。

結局、祖母は八王子にある老人ホームに入れられて、月に一回、家族皆で見舞いに行った。その頃から、広也は祖母に対して、後ろめたさ、同情、反省、家族愛を持ち始めた。

それで、兄弟で思い切って、愛犬チェリーと同じ大きさくらいの犬のぬいぐるみを買って、祖母にプレゼントした。老人ホームの職員から、祖母はいつもそのぬいぐるみを抱きしめていると報告を受けていた。広也は自己嫌悪に陥った。

そんな祖母も、九十三歳で他界した。大の大人の父一人、何日も泣いていた。厳格な父にしても、たった一人の母親を亡くしたのはとても悲しく、耐えられなかったに違いない。

しかし、それでまた家族は平穏を取り戻した。

結局、両親が一億円で買った家は、バブルの崩壊とともに正当な価格に戻って、土地に家付きで四千万円で教師をしている三十代の夫婦に売って、両親は愛知県の小都市で就職をした広也を頼って引っ越してきた。

その家を売る時、両親は未だ二千万円のローンが残っていて、二人とも六十歳を過ぎて

いて、家のローンを払いきれなかったということになる。その差し引き二千万円を頭金に、広也が勤める会社のある愛知県の小都市の郊外に、広也が銀行でローンを組んで一戸建て庭付きの家を購入した結末だ。

運命とは時に、最悪の巡り合わせを用意する。自己中心的で生命に非情な、確率的で全宇宙に共通の公式だ。全宇宙を考えた時、その局所的に違う物質で星々が構成されているわけではない。膨大な原子核を持つ元素は、宇宙に幾らでも存在するに違いないが、その構成要素は変わらないはずだ。それは絶対的なものであるに違いない。

宇宙の正反対に位置する極端の銀河と銀河は、同じ物質で構成されているはずだ。何故なら、全宇宙の始まりはビッグバンとされていて、そこから空間なり物質なり時間なりが生まれ始まったからだ。

しかし、これも懐疑的だ。時間という概念が、ベクトルを持っているかどうかだからだ。空間は方向というものが存在する。しかし、時間はどうだろう。ある場所では、時間の流れが緩やかで、ある場所では速い。重力、物質、空間を考えた時、それが成り立つはずだ。

だから、時間が逆行する事もあり得ると考えられる。ベクトルの概念が無いからだ。一方向に進む物質があり、その逆方向に進む物質もある。それと同じに、時間も逆方向に進む事があり得るのではないか。

しかし、大抵の人の人生にやり直しは利かない。修正が出来るのみである。この物語は、その時間のやり直しが利かない、一つの例として存在する。


現在、地球という星の人類という生物が生み出した学問である物理学で解釈されている事実は次のような物である。簡単な説明では、ほぼ全ての物質は、質量を持つ陽子と中性子で構成されている原子核の周りを電子が殻を成し回っている原子により存在する。その物質の性質は、原子核の質量の差で異なるのではなく、陽子と電子の数の差で異なる。

特に陽子の数の差で原子番号が変わり、違う性質の物質となる。例えば陽子が一個なら水素。二個ならヘリウム。七十九個なら金という具合だ。原子核を構成する中性子の数はあまり関係なく、陽子の数が同じで中性子の数が異なるものは同位体という物質で、同じ原子と解釈される。それが、陽子の数に近い数の電子と電気的な関係にある。

しかし、それよりもっと小さな構成要素が存在する可能性もある。ニュートリノ、ダークマター等と呼ばれているものである。


宇宙の始まりから銀河や星の誕生までに、金などの原子核はほぼ出来上がっている。金などの原子は、その原子核を創造するのに物凄いエネルギーを要するからだ。一方、放射性元素は、簡単に原子核の陽子の数が変わる。しかし、それも一定の法則がある。だから、中世の西洋で頻繁に行われていた錬金術などはまやかしだ。実験室的に創れる物質ではないのだ。いくらこの先に人類が努力しても、一朝一夕では成しえない神の領域。簡単に創れるものなら、貴金属の価値など無いに等しい。

生命にしても、人類にしても、物質にしても、それを構成する原子は絶えず交換され、再利用されている。だから、巡り合わせは起こるのだ。見知った人、見知った動物、見知った持ち物、好きになった人は、過去に出会っている。それが運命だ。

それが、神学的な宇宙の解釈である。

七月の中頃になった。この小都市での新しい実家には、大きな庭がある。庭には、広也の母が趣味で始めた家庭菜園がある。主に、茄子や胡瓜、季節の花々などを育てている。そこの一角で、母がこの夏の観賞用にと春先に種を植えた、向日葵の花が今、満開だった。

金曜日、十七時の会社の定時の終業時間に仕事を終えて、広也が車で自宅に帰宅したのが十八時。そこで未だ日輪の高いうちに、自宅の庭園に設置しているプラスチック製の机に、淹れ立ての珈琲を入れたカップと甘いお菓子を置き、椅子に座り父と広也が談笑していた。その時に、広也が満開の向日葵の花輪の数を数えたら二十輪あった。

千夏の歳と同じ数だ。この歳になって、広也はそんな年齢の女の子に恋をするとは思わなかった。彼女は名古屋市にある、名門女子大学に通うお嬢様だ。それが、何故かこの小都市の中心にある喫茶店のチェーン店で広也と彼女は出会った。

見合い相手の華子と出会ってから一カ月後の事。広也が、今勤める会社に入社したと同時に通いだしたスポーツジムへの道の途中にある喫茶店で、彼女は働いていた。週のなか日に喫茶店に行けば彼女に会えた。彼女を一目見て、美形で、純粋で、育ちがいいと解った。

広也は彼女に自分の素性、勤め先、趣味、名前すら告げなかった。彼女の同僚の店員が彼女の名前を呼ぶのを聞き、彼女の名前を知った。空いている店内のレジで、アイス珈琲を注文する間、彼女と話し込んだ。そんな娘だ。広也は年甲斐も無く、彼女に次第に惹かれていった。

いつも、彼女は満面、破顔の笑顔で広也に接した。年齢差はすぐに解って、高嶺の花だと感じた。千夏と話している時には、華子の事は頭から消し去り、忘れ去った。男の性だ。より条件の良い、より美しい、より可憐な、より魅力的な女性を求めてしまう。

ただ、千夏はそれだけではなかった。周りにいくらでもいる女性の中で唯一人、広也は何故か彼女に懐かしさを感じていたのだ。過去から見知っているかのような錯覚。話していると、自然と心と心の距離が縮まっていく感覚。年齢差や学歴や育ち、趣味や性格など、そんなものは関係がないかのような瞬間だった。

長良川花火大会は七月の最終土曜日に開催される。華子とは二週間会っていないが、前回のデートの時に、岐阜の長良川の川沿いで毎年開催される花火大会に行く約束を取り付けていた。

華子は毎日、携帯電話のメールで、

「花火大会が楽しみです」

という、似通ったメールを広也によこしてきた。

広也は華子と付き合うまで彼女がいたことがなかった。広也はかつて一度だけ、女性に気を持たれない情けない感傷から、岐阜長良川の花火大会をふらっと一人で訪れた時があった。まだ、広也が名古屋市に独りで住んでいた、名古屋市に位置している旧帝国大学に通っていた貧乏学生だった頃に。

季節は真夏。地域紹介の雑誌をコンビニで買い求めて、そこで特集されている花火大会の花火の写真を見た。東海各地で開催される花火大会毎に各々、花火の打ち上げ数が何千、何万発と書いてある。毎年の来場者数も。もし彼女が出来たら行きたいと思って毎年、その雑誌を買ってしまうのだ。

しかし、そんな事はあり得ない。勉強しか取り柄の無い、女子の殆ど在籍していない工学部の学生など、どこの女子が相手にしてくれるのだ。大学で授業を受けていても、周りはファッションセンスの無い男子学生ばかり。学ぶのは鉄鋼材料がどうのこうの、原子は何で出来ているだの、到底、今時の女子には興味の無いものばかり。

同大学の文学部だの経済学部に行けば別だ。男子と女子が半々くらいの数がいる。いわゆる女子受けする学問を教えている。大学を真っ二つに分断している中央の道路を挟んで、あちら側の構内とこちら側の構内は別世界である。

広い校舎が立ち並ぶ大学敷地の中で、文系学部と理系学部では住む世界が違うのだ。広也は頭が理論で固くなっている教授に、材料学の知識の暗記、数学の解法、実験による実証を叩き込まれていた。しかし、広也が社会に出てから、そんな知識や技術は一切として使った事がない。大学を七年かけて卒業した意味が、全く無かった。それならいっそ、早く大学を卒業して、金を稼いで三年間遊んで暮らした方がましだった。

花火大会の当日。豊田市の自宅からグリーンロードを通って、星ヶ丘まで華子を迎えに行った。当日は、好天で花火大会は予定通り、決行するとの情報を得ていた。

花火大会用にカラフルなボーダーTシャツを購入して、それを着て行った。長良川花火大会会場は岐阜駅から離れていて、周辺に駐車場が無いので、岐阜駅の駐車場から会場まで歩くことで汗をかく事は目に見えていた。だから、汗臭くならないように、あるファッションブランドのブルーという香水を購入して、服にふりかけて行った。

星ヶ丘駅で華子を迎えて、彼女が車に乗って直ぐに、

「車の中、良い匂いがするね」

と、呟いた。広也は内心、安心した。香水をつけてきて正解だと思った。

高速道路で車を飛ばし、岐阜駅に一番近いインターで降りた。それが、花火大会開始三時間前だった。会場近くは流石に車で混んでいて、空き駐車場を探したが、やはりなかった。

仕方がないので、岐阜駅周辺まで戻って、車を駐車場に止めて、会場までの数キロメートルを二人で歩いた。会話は弾んでいた。

「どんな花火だろうね」

「会場、座る場所あるかな？」

等、二人で想像しながら歩いた。

会場の河原は思ったより空いていた。仮設トイレを交互に済ませて、彼女と座る場所を決めた。華子は、レジャーマットを持ってきていて、それを敷いて広也に隣に座る事を希望した。だが、広也は少し華子の後ろに座る事にして、腰掛けると、華子は困惑したようなムッとしたような複雑な表情をした。

千夏の事が頭にあったのと、香水が華子に匂い過ぎたら嫌がられると思ったからだ。本当に、このまま華子と結婚して、淡い恋心を抱いている千夏を諦めて良いか、未だ恋愛経験の浅い広也には判断がつかなかった。

その態度を見ていても、華子は確実に広也に気がある事が判った。だが、広也にはその好意を素直に受け止める勇気がない。何せ、生まれてこの方、女性と付き合った事がないからだ。

辺りが薄暗くなりだした。蝉の鳴き声が遠くで聞こえる。花火大会は河原で行われるので、近くに木々どころか森林さえない。遠くに岐阜城のある金華山が見える。この時間になると屋台の灯りが橙色に辺りを照らしだした。試し打ちの花火の音がしている。

いよいよ暗くなり、花火大会の最初の花火が打ち上がった。観客の歓声が響いた。華子も広也の少し右前で、体育座りをしながら歓声を上げげた。反対に広也は冷静に打ち上げられた花火を見つめていた。広也は花火を見ているというより、華子を見ていたからだ。花火が打ち上げられる度、華子の喜ぶ顔が七色に染まった。景色もだ。二人の周りには人だらけだが、そんな中でも、二人にしか通じ合えない何かがあった。華子の前に座っている親子連れの男の子が、やたらとはしゃいでいる。

「あの花火は菊の花かな？」

華子が後ろを振り返って広也に尋ねた。広也は花火に興味はあっても、そんなに造詣が深くない。

「何かの花を表現してるんだろうね」

昔テレビで聞いた事がある、一般的な答えを華子に返した。知ったかぶりをして、恥をかきたくなかった。

次々に、不思議な形の花火が打ち上げられている。連続的に花火が発光して轟音を鳴り響かせたり、大玉が一つ上がったり。夜空に多彩な色化粧をしていた。

華子は時々、広也の座っている後ろを振り返って、にっこりして、花火の轟音と歓声の中、聞こえるか聞こえないかという声で広也に一言二言何か言ってきた。無論、そんな声は聞こえるわけがないが、広也はコクリと頷いていた。

花火大会が終わる前に、華子が、

「帰りが混むから、そろそろ帰ろうか？」

と言ってきた。満足気な顔である。もう、一時間半も花火を観ていたので、当然である。周りの慣れた地元の人と思われる人達も、立ち上がり帰りだしている。

「そうだね」

広也は立ち上がった。

夏の熱帯夜の熱気で、汗でびしょりと服が濡れている。立ち上がったと同時に、香水の匂いが辺りに漂った。汗の臭いと混ざった臭いである。その時、周りの人が露骨に、

「臭い」

と言った。当然、華子にも聞こえた。広也は失敗したと思った。汗をかくことは予想出来ていたが、ここまでこの香水が濃い匂いがするとは思わなかった。

疎らに人の歩いて帰る岐阜駅駐車場までの間、あまり、華子は広也に話しかけてこなかった。香水の匂いが強烈に臭うからだ。

車に乗ってクーラーを効かせたら、漸く、香水の匂いは収まったが、会話は弾まなかった。どうやら、嫌われたようだ。そのまま、音楽をかけた帰りの車の中で、沈黙が続いた。

名古屋市の星ヶ丘駅で華子を車から降ろした。華子は、

「今日は有難うございました」

と言って、笑顔を見せて帰っていった。広也は複雑な気持ちだった。嫌われたのか、未だ自分に好意があるのか、読み取れなかったからだ。

ふと、千夏の事が頭をよぎった。千夏なら、確実にフラれていたなと。華子はやはり大人の女性だ。節度は持っている。

女性慣れしていない自分への、戒めの夜だった。

第三章　約　束

一週間、華子から連絡が無かった。電話も、メールすらも。自分からもメールを出さなかった。

そして、突然、メールが来た。

「来週の土曜日に、名古屋港水族館に行きませんか？」

「いいですよ」

広也は即、メールを返した。嫌われたと思っていたが、未だ、繋がっていたようだ。もう、この縁談自体、破談になると思っていた。

名古屋港水族館は、大学時代によく、海を見に行きがてら、立ち寄った場所だった。広也は育ちが横浜市の湘南地方寄りで、魚釣りをしに、よく弟と海に行っていた。そのせいか、海が好きで、海の近くに住んでいないと気が済まない性分なのだ。だから、豊田市の山麓の町に引っ越してからも、よく遠州の浜松、伊良湖までドライブに一人出掛けていた。釣りが好きな理由は、一つ。とにかく魚がかわいいのだ。日本の太平洋近海で釣れる魚、カレイ、カサゴ、キス、ハゼ、クロダイ、カゴカキダイ。どれをとっても、その顔、形、色彩が美しく、親が食べる分の魚は釣れれば持って帰ったが、ほとんどの魚はリリースしていた。釣った魚を自分で食べた事が無いほど、魚に愛着を持っていた。

以前は海で釣れた魚や、網ですくって捕った魚等は、鑑賞用に、家に置かれた特大の水槽で飼っていた。釣った魚も状態の良いものは、魚釣り用のクーラーボックスで家まで海水に入れて持ち帰り、水槽に入れると、意外と平気に水槽の中を泳ぎ回っていたものだ。

しかし、ある日、水槽の魚達に異変が起きた。数匹の魚が目に病を患ったのだ。人間でいうと白内障のような状態だ。水槽の中のメジナの片目が白濁して、苦しそうであった。熱帯魚屋の店員にその事を相談したら、よくある事だという。家で魚を飼っていた海水は、遠州灘の海から車で月一回、汲んできたものだ。普通は、鑑賞用の海水は、海と同じ塩分濃度で作るものである。しかし広也は、少し汚い海水を鑑賞用に長い間使用していたから、魚に異変が生じたのだ。

その目を患った魚は弱り、他の元気の良い魚に水槽の中で追い掛け回されていた。魚の世界にも虐めは存在する。弱肉強食。水槽の底に砂浜の砂を敷いて、小型のヒラメとハゼを入れていたが、ハゼは周期的に数が減っていった。ハゼはヒラメの格好のエサなのだ。

自然に生きるものをこれ以上、水槽という小さな空間に閉じ込めておく事をやめると決めた。自然に生きるものは、たとえ、エサを与えられなくても、自由に生きている事が幸せだと思った。厳しい自然の生存競争の中、命を落とすかもしれないが、それで魚は本望なのだ。自由に生きたいように生きたから。

次の日。魚を全匹、伊良湖港に逃がしに行った。防波堤の浅瀬の所で、魚達を逃がす事にした。メジナなどは、海面に一匹ずつ逃がしていく度に、元気に海面から海底へと、力強く散り散りに潜っていった。ヒラメはゆっくりとその体をくねりながら海底へと沈んでいった。

それ以降、広也は釣りすらもやめた。


生命は不思議だ。鏡で自分の姿を見る事は無いのに、その外見が整って、美しくなる。南の島々に生息する熱帯魚など特に。人も同じように、美しくなりたいと願うと、自然とそうなっていく。人間関係などが上手くいっている時など特に。心の持ち方でもある。悪循環の反対の好循環というものだ。

何でも動物は、子供の頃に、コロコロして丸く、可愛くて守りたくなる。犬にしろ、猫にしろ、ライオンにしろ。動物全ての特徴である。それはまるで、生き物の子供が弱い存在で、多種族からの攻撃を受けない防衛手段であるかのようだ。そして、親からの母性愛を受ける手段でもあるかのように思える。

サバンナなどでは、生まれたばかりの小鹿は、格好の肉食動物の餌食になる。だから、そのような所で生まれる小鹿は、生まれたばかりの赤ちゃんでも子供でも、生き抜く為の筋力を持っている。生まれて一時間も経たないうちに、成獣と同じような動きをし、サバンナを生き抜く術を生まれながらに知っている。たとえ、雑草を餌に食べて生き抜く運命だとしても。

逆に、肉食獣のライオンの子供はどうだろう。ライオンは群れで子供を育てる。それは群れで生活する鹿と変わらない。生まれたばかりのライオンは肉食獣から守ってもらう必要がないから、愛らしい丸っこい顔形をしている。それは、母親の母性を必要とする為だけの手段であるように思える。

会社帰りに、千夏のいる喫茶店に行ってみた。彼女が出勤する曜日だった。夕方の橙色の西日の照り返すガラス越しに店内をまず覗き込み、レジに千夏がいるか確認してみた。真夏の夕方は、七時を過ぎてもまだ日差しが強い。少しの残業を済ませて急いで立ち寄ったので、顔は脂汗まみれ、Ｙシャツは汗まみれだった。

彼女がいた。レジの周りのテーブルを布巾で拭いている。仕草がやけに可愛らしい。彼女こそ丸っこい顔つきをしている、愛らしい小動物だ。

彼女の実家は豊田市にあると聞いていたが、通っている大学は名古屋市にある。毎日、車で大学に通っていると聞いていたので、余程のお嬢様だろう。アルバイトの目的も、ガソリン代だとか、お小遣い稼ぎではなく、単なる趣味か社会経験を積む為のものに違いない。あくまでも想像の域で。

以前、

「花火大会は誰かと行きますか？」

と尋ねた時に、

「大学の女友達と、名古屋港の花火大会を観に行きました」

と答えたので、どうやら彼氏はいなさそうだ。そうやって、広也は彼女に彼氏の有無を、偶に探りを入れてみていた。屈託のない奥ゆかしい女子大生なので、彼氏のいる確率は低いと考えていた。

一瞬、ヒヤリとした。華子との付き合いが調べられていて、当て付けかと思った。良家のお嬢様なら、もし気になる男性がいたら、それくらいのことはするだろう。だが、「名古屋港」というキーワードは、ただの偶然だろう。

華子と結婚を前提に付き合っている一方で、千夏のような、青春映画に出てくるような二十歳前後の若い女の子との恋愛にも憧れている。それが現在の広也だ。要するに、勉強の偏差値は高く、恋愛の偏差値は低いオタク少年を大人にした感じである。

そこの所を軽く受け流せないのが、恋愛偏差値の低さである。

いい加減に、広也は自分の実年齢を考慮して、お似合いの年齢の女性を探す世代である。華子は三十代前半の女性なので、好条件過ぎるくらいなのに。

男性というものは、何故か本当に好きな女性、女の子に対して処女性を求める生き物。それは、好きな女性が、誰か他の男性と肉体関係にあって、性と男を知ったら張り裂けんばかりに心が苦しいからである。だから、男性は若い女性を常に探し求める。

逆に女性は、格好の良い男性に憧れる。その男性がたとえ、どんなに女性にモテて、女性を弄んでいても、その外見に引き寄せられて抱かれたいと思う。結婚は出来なくても、その男性の子供だけでも身籠もりたいと思う。

一部の女性は、ホストクラブに通って、より外見の格好良い、話の面白い、可愛らしい男性にお金を貢ぐ。男性はたとえキャバクラに通ったとしても、お金を貢ぐのではなく、疑似恋愛もあるが女性の肉体が目当てである。だから、最近はそういう疑似恋愛を目当てとした店舗に通うオタク青年も急増している。

広也はそのどちらにも属さない派である。キャバクラにも一度も通った事が無いし、フーゾクにも行った事が無い。おまけに、一般女性と今までお付き合いもした事が無いのである。言わば、日本の天然記念物のような存在だ。

どうせなら、好きな女性と自然な形で出会い、恋愛をして、結婚したいと考えている。その過程で、結婚後に子供を作る男性と女性との尊い行為をする。そう考えていた。性欲より理性をどうしても優先してしまうのである。

今は、絶対的な、父の知人の紹介で付き合いをしている華子がいる。そして、淡い恋心を抱いている千夏がいる。それだけで、広也の心は満たされている。

「この宇宙の中で、人間という存在がどれだけのものか？」

広也は何時も考えているが、仮に宇宙という悠久の、無限の時間と空間の中で、人間が矮小な存在であったとしても、一人の人間としての小さな幸せは許されるはず。

人間は常に自分中心の考え方しかできない。それは人間特有のもので、宇宙という広大な空間の中では否定されるかもしれない。だが、人間の歴史の中では、他人の犠牲になって、友の為に、家族の為に、国の為に死んでいった者達も数多く存在する。

今は、自分の細やかな幸せの為に努力しよう。卑怯かもしれないが、華子は結婚相手の第一候補、千夏は第二候補なのだ。そこまで、広也は結婚というものを意識できるようになった。


約束の日が来た。当日は晴天だった。どうやら、広也が雨男、華子が晴れ女かもしれない。

約束の午前九時の三十分前に、広也が星ヶ丘駅前に車を停めて華子を待っていると、遠くの歩道を七色の花柄のワンピースを着ている女性が歩いているのが見えた。どう見ても美しい女性だが、近付いてきて分かった、それが華子だったということを。

華子も広也と出会って付き合っていくうちに、色気付いて、より美しく、可愛らしく、繊細に、広也に見てもらいたくなっていた。それで、華子は、

「地元の有名な百貨店で、水族館に行く為の服を店員さんにあれこれお勧めをしてもらって、選んで買ってきたけどどう？」

と、はにかみながら、広也の車の前まで来て、開口一番に言った。

広也は人気の未だ疎らな星ヶ丘駅周辺で、一番目立っている華子に、

「ここら辺で噂になるほど、美しいよ！」

と本心を言いかけたが、そこまでして今日のデートの準備をしてきてくれた華子に対して、歯の浮くような恥ずかしい言葉は言いたくなかった。

「似合っているし、綺麗な花柄の服だね！」

そう言って、広也はこんなに綺麗な女性と付き合っているのだと照れを隠すように、お茶を濁した。広也も次第に美しくなっていく華子に釣り合う男でいようと思った。男らしさ、行い、振る舞い方、服装や格好、そして広く強く優しい心で。


星ヶ丘駅から車で一時間半、楽しい会話が続いた。広也が魚を大好きなのを知っていて、今日、水族館に誘ってくれたのだろう。これから観に行く魚について、広也はその姿形の愛らしさを語った。華子も何度か行った事があるようで楽しそうである。

大学時代に何度か通った水族館だ。大体の建物の構造、周りの雰囲気、鑑賞用に飼われている魚達は知っていた。特にイルカが、広也と華子の目当てだった。

確か、前に水族館に独りで行った時には、陸上から直にイルカを観られる劇場型の観客席と、その地下の室内からガラス越しに映画館シアターのようにイルカが水中を泳ぐ姿を

観られる構造になっていたはずだった。今日は、二人でじっくり人気の少ないシアター型の室内で、イルカを観ようと話していた。

現地に到着してから、港にあるベンチで華子と湾内を眺めながら話をした。これは、落ち着いた雰囲気を醸し出す為の広也の作戦だった。時間調節でもある。予め、今日はどう動くか、想定してデートは進めるつもりできた。花火大会の失敗は繰り返さない。

中型の船が停泊している湾内で、缶ジュースを飲みながら華子と談笑していると、広也の気持ちが盛り上がってきた。朝の海は静かで、水族館の方に人気を取られて、こちらには人は疎らである。海側から微風が吹いていて、風が微かに潮と海藻の匂いがする。

水族館に入館した時には、開館から一時間が経っていたので、まず、十一時開店の、熱帯魚が入れられた大きな水槽を観ながら食事が出来るレストランで食事をした。

水槽の中が灯りで照らされていて、小さな熱帯魚ばかり沢山いて、とても色とりどりで鮮やかで綺麗だ。開店一番に入店したので、その水槽の真横のテーブルに通してもらった。

華子もここは初めてのようでとても喜んだ。

食事が済んでから、まずは館内をぐるりと回って最後にゆっくりイルカを観る事に二人で決めた。案内の順序通りに通路を進みながら、水槽に入れられた魚を観ていった。どの魚も他の水棲生物も活き活きとしている。どうやら、ここでは少なからずも、魚達は自然環境に近い環境で飼育されていて、不幸せではないようだ。

広也は日本近海に生息する魚は、子供の頃に魚図鑑を丸暗記したほど、姿、形状、模様、名称に詳しい。華子に、自然な感じで、観られる魚の解説をしていった。華子も、少女に帰ったような晴れやかな笑顔を見せていた。

イルカのシアターの所に二人が着いた。やはり、薄暗くて人が疎らに段差席に座っている。広也は華子を誘うように、一番左端奥の最後列の席に腰かけた。華子がその隣に座る。イルカが時々、愛嬌を振りまきに十五メートル先のガラス越しまで数匹来ていた。二人は静かにそれを観ていた。イルカの入った水槽が青白く光を放っていた。このシアターは、ダウンライトの弱々しい灯りのみが、広間を照らしている。

「そろそろだな」

広也は心の中で呟いた。深呼吸を一つした。噛まないように何度も練習した言葉だ。今、言うべきであると思い、華子の顔を薄暗い暗闇の中覗き込んだ。華子は口元に笑みを湛えてイルカが泳ぐのを観ている。

「華子さん」

広也は華子の顔を覗き込みながら話し掛けた。華子は左の広也に顔を向き変えた。目と目が合った。その瞬間、広也の心臓が跳ねて、鼓動が高まり、緊張が走った。だが、顔は冷静を装っている。

「僕と、結婚を前提に付き合ってくれませんか？」

遂に言えた。一生に一度、言えるか言えないかと思っていた言葉。広也は結婚するなら、何があっても相手を幸せにし、離婚しないと、子供の頃から心に決めていた。

華子の顔から笑顔が消えて、代わりに口元に微笑を湛えた。

「もちろん、そのつもりで広也さんと付き合っていますよ」

ほんの十秒間の出来事だった。広也の緊張が解け、喜びに変わった。二人は見つめ合い、お互いに笑顔である。人生で最高の瞬間だった。

夕方、星ヶ丘駅で車を停めると、華子は、

「今日は、本当に楽しかったです。有難うございます。また、来週にでも」

と言って、車の助手席を降りていった。華子が車のドアを開けた瞬間、蟬の鳴き声が聞こえてきた。広也は華子が見えなくなるまで、車を停めて見送っていたが、時折、華子は歩いている最中、振り返り、車に向かって手を振ってくれた。

家に着くと、広也は華子から良い返事を頂いた旨を父に伝えた。華子は父の知人からの紹介である。当然である。父は母を巻き込んで、たいそう喜んだ。姉は結婚していると言っても、子供がいない。弟は彼女もいない。初孫の顔すら広也の両親は見た事がないのだ。

親孝行ではないが、広也自身も子供が欲しいし、両親にも孫を抱かせてあげたいと思っている。子孫を残したいというのは、人間だけでなく動物の本能である。

だが、何かのきっかけで、子孫が絶える事も歴史上、数多く経験している。

家の存続がどうのこうのは関係無い。ただ、自分の子供がいてくれて、子育てを経験したい。大人になった息子と酒を酌み交わしたり、大人になった娘とデートをしたい。そんな願望である。

いずれ、人類も滅びるだろうし、家系など、途絶えた家は幾つも数え切れないほどあるのだ。宇宙の歴史からしたら、また、宇宙の悠久の時間と空間の中では、人類の数百万年の歴史など、ほんの微々たるものなのだ。一つの種族が滅んだところで、宇宙規模の世界ではほんの些細な事かもしれないが、逆に神が与えてくれたこの地球上の生命も尊いのだ。たとえ、微生物や蟻の命でさえ。

だから、普段口にする食事でも、感謝しないといけない。肉、魚、虫、それらを食事で口にする時、人間が生きる為に犠牲になった生命に。小魚一匹で、人間が一時間生きられるエネルギーを得られても、その小魚は命を落としている。

牛にしてもそうだ。人間は牛肉が大好きだが、食べられる牛にとっては堪らない。牛は出荷される時に暴れるという。牛も馬鹿ではない。自分の命が奪われるのを悟っているのだ。死の直前に。


月曜に会社に出社して、帰りに喫茶店に寄ってみた。千夏がいた。

さりげなくアイス珈琲の会計を済ましている時に、会話の途中で、広也は千夏に好意がある言葉を入れ混ぜている。その度に、千夏ははにかんだような表情を浮かべて、笑顔を見せた。

その時、思い切ってというか唐突に広也の口から言葉が漏れた。

「今度の土曜日、映画でも観に行きませんか？」

広也も意図していない、無意識の言葉だった。華子と付き合っているので、女性と話し慣れしてきていた。

千夏は一瞬、きょとんとしたが、直ぐに満面の笑みを湛えた。千夏も広也の誘いを待っていた。まさか、仕事中の店員の方から、客をデートに誘う事は出来ない。

「いいですよ。では、近くの映画館でいいですか？　今、観たい恋愛映画があるんです。朝一番に観に行きましょう」

はきはきと千夏が言った。千夏は二十歳そこそこの女の子だ。男性と付き合いがなくても、男性に対してそれ相応の受け答えは出来る。

広也は飛び跳ねんばかりに嬉しかった。しかし、反面、後ろめたい気がした。勿論、千夏と映画を観に行くつもりだ。だが、華子に結婚を前提にお付き合いをお願いしたばかりである。広也にとっては華子に対するプロポーズのようなものである。

「では、今度の土曜日の九時に豊田市駅の改札口で待ち合わせしましょう」

そう言うと、広也は作り笑いをして、席について珈琲を飲みながら考え込んでいた。

今、何事も上手く行き過ぎている。こんな順風満帆な人生など、今迄の広也の人生の中ではあった事はない。今まで、女性にフラれた事はある。その時の切なさや口惜しさを思い出した。どう考えても、二人の女性と付き合い出来るような器用さも、力量も広也は持ち合わせていない。何故か、嵐の前の静けさのようでならなかった。

第四章　決　心

世の中の全ての事象には、全て意味がある。

地球上で言えば、風が吹くこと。海の波が荒れること。地震が起こること。動物や魚達、虫一匹の動き、果ては微生物達まで全て。落ち葉の落ちる時間、方向、角度、着地点。地面に落ちてからの、転がり方。人生もそうだ。失敗も成功も全てが全て。神の天文学的数字から計算されているのだ。

人と人の出会いもその一つだ。偶然にして自分が生まれた国、地方、居住地、引っ越し先、勤めている会社、通っている学校、学年、クラス。それら全てが神の計算から成り立っている。日本で言えば、地方から上京してきた同級生同士が、東京の銀座、原宿、新宿、そういった所で偶然に同じ時刻に、同じ場所を歩いていて、

「あれ、お前、広也じゃねえ？」

といって出会うこともだ。

天文学的という言葉は曖昧だが、要するに計算出来ないという意味である。例えば、地球を構成している元素、果ては原子の数は幾つかという計算で考えてみる。十の千乗程度の数では収まらない。要は、人間では計算出来ない。どんな高性能なコンピューターでも。

我々の住む銀河系は、およそ二千億個から三千億個の恒星があると言われている。その数字自体、正確なものかは疑わしいが、仮定としてそう理解する。そうすると、その恒星を取り巻く惑星や小惑星群は一兆億個を超える。

宇宙には、そんな別の銀河系が数え切れないほど存在している。それこそ無数と言って、数え切れないという言葉を使うに相応しい。宇宙はそんな銀河が泡状に存在する「あわ」構造をしていると言われている。そこに触れると、神々の領域を侵す事になる。

昔の神話で、神が宇宙に溶け込んだという話になる。

大体、人間が唱える宇宙の歴史、年齢が百四十億年という事実自体が間違っている。ビックバン自体が存在したのか。空間を考えると、この私達の住む時間と逆に経過している時間も存在していていい。ベクトルの考え方である。例えば、宇宙が有限と仮定すると、宇宙の右端と左端で時間が同じに流れている事になる。そんな馬鹿な事はあり得ない。

何故なら、重力場が存在するからだ。光の速さでさえ、真空中で「3.0×100000000 m/s」

という制約がある。空気中、重力場の中では、光を成す光子は減速も加速もしていいはずである。

「光より速い速度が出せれば過去にタイムスリップする事が出来る」

よく聴く言葉である。

「そりゃ、そうだ」

何故なら、事象が起こって人間の目に光が飛び込んでくるまで、最低でも先程の光子の速さで進む分の時間が掛かる。要するに、光より速く動ければ他の人より早く事象を見る事が出来るのだ。速さの考え方と距離の考え方と時間の考え方。

簡単に考えれば、この銀河の左端で起こった事象が、生命の目に届くのに、より左端に近い位置にいる者ほど、目にするのが早い。右端にいる者には、一番最後に左端の事象が目に飛び込む。そして脳がそれに反応を起こし、理解する。無論、脳を持たない生命もだ。

難しく考えると、こちらに向かっている光より二倍速く動ける者が光の向きに逆行して動いていたら、既に事象が起こる前の事象を見ている事になる。ここが難しい。事象が起こる前に、事象を見る事が出来るかだ。

地球から三千光年離れている恒星の光は、宇宙空間を真空と仮定して、三千年かけて地球に届く。馬鹿馬鹿しいが、当たり前の話だ。その恒星に向かって光より速い速度で進んでいくと不思議な現象が起こる。事象が起こる前の姿が見えるのだ。一秒前の時刻に起こった事が、一秒早く見えてしまう。起こってしまう。ここが不思議だ。

真理は、人間に有るのではなく、宇宙の法則に存在する。それが神の領域だ。宇宙は無限の悠久の時間の中に存在して、時間が経過したり、停滞したり、逆行したりしているように思えてならない。だから、宇宙が百四十億年前に誕生したという説が疑わしいのだ。

千夏とのデートの日が来た。例により、時間に正確な広也は、約束の九時の三十分前に駅改札口に到着した。千夏は既に改札口に立っていて、広也に直ぐに気付いて、手を二、三回振って、私はここに居ると答えた。

肩が露わな襟付きの空色のノースリーブと、白色の幾重にも重なっているひらひらのミニスカートを穿いていた。若いせいか、キラキラと輝いて見える。肌は真っ白で、腕先と太股が露わになっていて、弾けるような若さを感じさせた。広也に男性の何かを感じさせる服装である。

そこから、みよし市にある大型アミューズメント施設が入ったデパートにバスで向かった。千夏はよく話した。女子大生ノリなのか、広也に大学生活がどうだとか、アルバイト先で何があったとか、家族の事とか、何も隠し事が無いようである。広也に投げかける笑顔が眩しい。広也も二十歳の時に帰ったように、千夏と対等に同級生のように話をした。今は、華子の事は頭に無い。

デパートに映画館が入っている。デパートに着いたのが、お目当ての映画の入館時間の二十分前なので、珈琲店で時間調整する事にした。

珈琲を頼む時に、千夏はあれこれと勧めてきた。広也はアイス珈琲を飲みたかったが、千夏の珈琲の一通りの解説の後、二人ともエスプレッソを飲む事になった。広也には、ホット珈琲との違いが判らなかったが、取り敢えず彼女の推薦に任せて、勘定は広也が払った。本日、掛かる御代は全て広也が支払うつもりだ。

小さな丸いテーブルの二人席に腰かけた。正面には千夏が座った。広也は正直、目のやり場に困った。小さなテーブルの端から、千夏の膝から上の真っ白な肉付きの良い太股が見えてしまうのだ。下着は見えていないので、周りの皆に見えないように注意する必要はないが、目に毒の反対、目の保養になってしまう。

彼女もそれを知ってか、足の位置を時折、変えては広也を誘惑しているようだった。二十歳くらいの女の子にとっては普通の事でも、広也には特別な事だ。若い頃に、恋愛を経験していないのだから。

話していて屈託なく笑う千夏に、広也の心は傾いていった。どうしても、華子より、千夏の方が若くて、可愛らしくて、女子大生で条件が良いのだ。もし、千夏にその気があって、付き合って結婚したとしたら、周り中が羨ましがるだろう。

「そろそろ行きましょうか！」

千夏が楽しそうに言った。既に、千夏は広也に心を開いているようで、積極的に広也を引っ張って、エスコートしている。広也は頷いて、返却口に返すトレーを持って立ち上がった。千夏は入り口の所で待っている間、しきりに前髪を人差し指と中指で挟みながら、形を整えていた。

一階から三階にエスカレーターで昇って、映画館に着いた。広也は初めて来る場所だ。普段、映画は映画館では観ずに、旬を過ぎた頃にＤＶＤを購入して済ませていた。広い薄暗い広間に、売店で売っている甘いカラメルポップコーンの匂いが充満している。

チケットは千夏が手際よく広いカウンターの店員に注文して、支払いは広也が済ませた。シアターの中に入ると、二百人くらいの席がある、正面を向いた半円形のコロッセオの造りをしていた。暗がりの中、会場は半数くらいの席が埋まっている。千夏が慣れた仕草で、広也の前を歩いて、席の間に直線で通っている階段を登っていった。そして、最後列の中央に静かに座ったので、広也もその横に腰かけた。広也は背後が壁なので、居心地が良かった。

広也は飲み物をそれぞれの席の置き場に、ポップコーンを二人の席の間に置いた。それも千夏の注文通りに頼んだ物だ。

「もうすぐ始まるよ、広也さん」

千夏が広也の耳元まで唇を近寄せてきて、呟いた。広也は一瞬、心臓が「ドキリ」としたが、千夏がつけているシトロンみたいな安物っぽい香水の匂いが、暗闇の中、薫ってきた。夏のせいか、それか彼女の汗の匂いと混じり合い匂いがあせていて、どことなく官能的な若さの香りがした。

どんな映画か分からなかったが、取り敢えず恋愛映画だ。ホラー映画みたいに、怖がって、怯えた様子を彼女に見せ醜態を晒す事はなさそうだった。

「この映画の主人公が広也さんに似ているの」

再び、広也の耳元で千夏が囁いた。また、さっきの香りが漂ってきた。心臓が大きく脈打ち、脳内が麻痺しそうだ。自分に似ているとは、余程の駄目男の物語なのだろうと、映画の内容を推測してみた。少しの緊張が、広也の筋肉を硬直させた。

他の映画の宣伝が大型スクリーンに映し出された後に、映画の本編が始まった。映画は邦画で、主人公の美男子で格好良い男性と、目立たない女の子が出会い、次第に女の子が綺麗になっていくストーリーだった。

広也はどこが自分に似ているのだろうと考えながら観ていたが、内容はとても面白いし、徐々に物語に惹き込まれていった。物語は主人公の男子が、ヒロインにキスをする所に差し掛かった。すると突然、広也の左掌を誰かが掌で握ってきた。

千夏だった。広也が左に顔を向けると、千夏の右頬は暗がりの中、七色のスクリーンの光を浴びて、涙で濡れていた。広也はどうしていいか判らなかった。何故、泣いているのかの訳さえも。女の子は、それほどまでに、この映画の物語に感情移入するのかと思った。会場を改めて見渡してみると、そこ彼処で女の子達がハンカチを顔に当てている。

フィナーレはハッピーエンドだった。映画のキスシーンからずっと、千夏と広也は手を握ったままだった。そこから先の映画の内容は覚えていない。ただ、千夏に握られた掌が汗ばんでいたのに、千夏は決して嫌がらず、手を離さなかった。

映画が終わり、観客が皆席を立ち、いなくなるまで、千夏は泣き続け広也の左手を握り続けた。広也が席を立とうと考えて千夏に顔を近付けた瞬間、千夏の唇が広也の唇に重なってきた。広也の頭は真っ白である。ファーストキスだった。広也にとっても、千夏にとっても。唯々、千夏の果実系の香りと唇の柔らかさに、脳がおかしくなりそうだった。

それからの一日は、歩いていても、食事をしていても、ウィンドウショッピングをしていても、映画の話題だけだった。二人とも、その事に触れなかった。

夕方の十八時になり、豊田市駅で千夏を見送る時がきた。千夏は、にっこりと笑い、

「今日は本当に楽しかったです。また、デートに誘って下さい」

と言って、深々と頭を広也に下げた。広也も、

「喜んで」

と答えてしまった。千夏は楽しそうに、電車の改札口を通って去っていった。

広也は華子の事を完全に忘れていた。後ろめたさと後悔が、広也の気持ちを海の底へと沈めた。

広也が家に着くと、父が、

「華子さんとのデート、どうだった？」

と聞いてきた。広也は、

「楽しかったよ」

とだけ答えて、自室に籠もってしまった。父にも、華子にも、華子の家族にも、千夏にも悪い事をしたと解っている。だからこそ、気持ちが塞ぐのだ。

広也は、新世紀を跨いで生きている現代人だが、古い考え方の持ち主である。唇を触れただけでも責任を取る覚悟で、女性と付き合いたいと考えてきた。それは、相手の身体で

はなく、心を踏みにじる事になるから。

唇を奪ってしまった千夏には悪いが、付き合いをやめようと広也は思った。条件ではなく、順序や重要度や優先順位を考えた場合、千夏ではなく華子を選ぶべきである。父の手前もある。顔を潰すわけにはいかない。それに、華子にはプロポーズ済みだ。

その日の夜は、千夏と一日遊んだ楽しさで、疲れを忘れていた。広也は興奮して寝付けなかったので、母の普段常用している睡眠薬を貰い、眠りについた。

第五章　決　別

宇宙の誕生とは何なのか？

ビックバンは、本当に百四十億年前に起こったのか？　ビックバンとは点からの始まりだったのか？　一塊の岩石からの始まりだったのか？

原始宇宙があったという説があるが、もし宇宙の始まりがビックバンとしても、悠久の時の繰り返しであっても、宇宙の体積を一カ所に詰め込んでいた力とは、神ではなかったのか。何故、宇宙は「あわ」構造を取るのか。

宇宙には見えていない部分が多すぎる。地球という小さな惑星から、ほんの散歩程度しか宇宙に出られていない人類にとっては、宇宙は無限の悠久の空間と時間と物質量の中にあるのだ。

天の川自体不思議だ。この銀河系を取り巻くように存在している。

一番近くに存在していて確実な星系は太陽系である。地球はまだ解る。普通に混沌とした惑星だ。だが、水星はどうだろう。ある意味、整い過ぎている。

次に、土星を考えてみる。真っ平らな円盤状リングで巻かれた惑星。あんな形状は自然に出来上がるものではない。神のなせる業。イエス・キリスト様ではなく、宇宙を創造された方の創造物で、言うなればアートである。

バタフライ効果というものがある。例えば、地球の一点で蝶が羽を羽ばたけば、地球のどこかで台風が発生するという例えだ。実際、それは正しい。小さな家の中の、一つの部屋の中を考えてみる。人が動けば風が発生し、カーテンが揺れる。

それが地球規模で起きているのが風や空気の動きだ。ひと所で何かが動き風が起こると、連動してあらゆる物が動き出す。それが、地球が誕生し、大気が発生してから永久的に行われているのだ。地球という重力で閉鎖された空間内で。

一秒という時間はセシウム原子の放射の周期で決められている。しかし、一秒と言っても色々ある。膨大な質量のある物質の直ぐ傍と、何も無い真空に近い宇宙空間では、原子の放射にも幅があるのではないか。朝の五時と言っても、五時零分一秒なのか、三秒なのか。その事から考えても、時間の経過の仕方というものは曖昧だ。

時間の経過の仕方は、必ず、空間の座標で異なる。だから、宇宙の年齢が何千億年、何百億年と断定するのは難しい。宇宙の果てを知らないのに、その議論すら不可能である。

推測の域を出る事が出来ない。

　だから、宇宙は悠久の時間の中にあると考えてよい。表現がおかしいが無限の空間の中にある。神の創り賜うたものなのだ。神は宇宙のそこ彼処に存在していて、宇宙に溶け込んでいる。今、地球のそこにも。


　ダークマターというものがある。暗くて、見えない物質の事である。恐らく、測れないほど、微量の質量を持っている。逆に見え得る物質というものもある。それが正、生、聖の物質である。それが人間に認知できる物だ。ダークマターを闇物質と日本語に訳せば、光物質と仮に名付ける。

　だが、宇宙の中ではそれらがどちらも恐らく平衡して存在している。だから、空間の中に、存在して見る事が出来る原子といったものは光物質という理論だ。逆に、満たされていない空間内にはダークマターが存在する。それらが、重なる事があるか、透過してしまうかは未だ断言出来ない。

　宇宙空間では、反射する物質がないと、光子は生命の目にその存在を認識されない。太陽の光が月に当たって、満月、三日月に見える。地面が見える。海が見える。雲が見える。空が見える。動物が見える。植物が見えるといった感じだ。

宇宙空間は真空に近いから、暗く見えるが、実は恒星の近くでは恒星から出される光子で満たされている。それが、恒星から離れれば離れるほど、その光子の密度が小さくなる。丁度、爆弾が爆発する被害の程度を考えると解る。爆発の中心部では、高熱と大規模なエネルギーを持つが、遠く離れた所には全く被害が無い。それは空気が障壁となって、爆発のエネルギーを削ぐからだ。

それと同じように、宇宙空間でも、太陽表面の大爆発フレア、小爆発プロミネンスの爆発のエネルギーを空間中にある阻害物質が遮るから、地球に甚大な被害が太陽光として届かない。

フレアの大きいもので十の二十七乗ジュールに達するという。これは、一定の条件下で考えた時に、人間の一日の熱量の消費量を二千四百キロカロリーとすると、十の二十乗人の一日の消費熱量の総和となる。

混沌とは所謂、混在である。何もかもが不統一な状態を言う。例えば、あらゆる色の球体が混在している箱の中を考える。それらの同じ色に見える球にも、それぞれ個性があるとする。その不統一の中から、多くの人が赤色の自分の球を取り除き、白色の球を取り除き、としているうちは未だ混沌としていて、自分の球を探しにくい。

最後に青色の球を探す番になったら、これは私の物、これは誰かさんの物といった具合に簡単に見付かるようになる。数も減るからだ。これが、混沌の反対、整頓である。だから、今、宇宙は膨張して纏まりがつかない状態、混沌へと向かっている。

宇宙は局所的に収縮している。それは、質量のある物質に引力が働き、凝縮しようとする作用があるからだ。仮にビックバンが起こったと仮定して、その膨張のエネルギーと速度は、時間の経過とともに確実に落ちている。それは阻害要因やら、物質同士に働く引力による。宇宙の中心があるとすると、そこに凝縮するような加速度が常に働いている。だから、無限遠という考え方を除くと、やがて平衡に達して宇宙は膨張を止め、一瞬、速度を失う。そこから収縮が始まるはずである。

これは、神が宇宙を現在、広げたがっているからだ。永久に膨張するのか、その後いつか縮小していくのかどうかは神のみぞ知る。

人間は宇宙をどうしても、科学的、数学的、物理学的、化学的に解明しようとしてしまう。神学的見地が欠けているのだ。神にとっては、神が創り賜うた永久的宇宙の中の点にも満たない地球の中で、あれこれ学問を駆使して宇宙を科学的に解明しようとしている人間が、小憎らしいのだ。

神の存在も忘れ、食欲、性欲、睡眠欲の三欲どころか、物欲、地位欲、遊欲に溺れている人間が。しかし、人間も神の創られたもの。神も人間が小憎らしい反面、愛おしいはずだ。どんなに嫌な奴にも、善い所はある。それが人間だ。

しかし、宇宙にもゴミは出る。人間が生活して、どうしても出てしまう塵。これは宇宙にも少数の確率で、神の計算外に発生する。否、それすらも神の計算内なのだ。その塵の駆除の為に恒星の一生で起こり得るブラックホールなり、再生のホワイトホールなりが存在する。銀河同士の衝突もそうだ。神の機嫌を損なうとそうなる。白色矮星になるか、中性子星になるか、ブラックホールになるか。神の機嫌次第だ。それが神学的見地の考え方。神の力は無限なのだ。

地球の命運は、地球の領主たる人間が握っている。巻き添えを食う他の動物達、虫達、植物達に罪は無い。彼らは喜んで、神の意志に従うだろう。再生の道を歩んで命を永らえるか、破壊の道を選んで神に背くか。それは人間次第であるように思える。

環境破壊。大気汚染。海洋汚染。核兵器の開発。戦争。領土権問題。元々、宇宙にあるものは誰の物でもない。神の創り賜うたものだ。人間はいずれ、財産も失い、地位も退き、年老いて死んでいく。その時に、命より大切な物が存在しないという事実に初めて直面する。もしも人間が、この宇宙には人間しか存在しておらず、宇宙全土の開拓と領土権は人間にあると主張したら、仮に人間より遥かに高等生物がいたとしたら、頭にくるだろう。

高等生物達が既に、神の存在を知っていて、侵略の歴史に終止符を打ち、協調の歴史を選んでいるとしたら。

千夏と口づけを交わした翌週は平和な週だった。千夏が喫茶店に出勤する曜日に、広也が会社帰りに彼女の勤務先に立ち寄ってみると、満面の笑顔で広也を迎えた。それを見て、また、広也の判断力が鈍っていく。華子に何と言って付き合いを断ろうかと考えが傾いてしまう。古い考え方を持った広也が勘違いしてしまい、優柔不断な一般的男子になった。

広也が珈琲の会計を済ましていると、千夏はまるで彼氏といるように、仕事も忘れて五分くらい広也と会計で話し込んでいる。

「まずい」

広也は心の中で呟いた。既に、千夏のペースにはまり、千夏は広也に熱を上げている。あれから毎日のように、広也に「好きです」と、携帯のショートメールを送ってくる。このまま、千夏と付き合ってしまったら、華子はどうなってしまうのだろう。そんな事が、広也の頭を重くする。

その週末の金曜日の夕刻。広也の携帯電話に華子からメールが入っていた。翌日の土曜日、名古屋駅近辺で昼食でも食べませんかという内容だった。広也は急いで華子にメールを返して、了解の旨と待ち合わせ場所、時間を指定した。

土曜日の正午近くの十一時半に、名駅の時計台の所に広也が姿を現すと、正装的でいて色彩豊かなお洒落をした華子が待っていた。広也が、

「お久しぶりです」

と最初に声を掛けると、

「どうも」

と、華子は素っ気ない返事を返した。広也は内心、ヒヤリとした。千夏との事が知られているのではないかと思った。人は隠し事や後ろめたい事があると、どうしても内向的になってしまう。広也はその後、何も話さずに華子の指定するランチで一人五千円もする店についていった。

ランチを食していると、自然と広也の緊張も解けていき、華子もにこやかに会話を始めた。どうやら何時もの華子のようだ。広也も一安心した。会話が弾むに連れ、広也の華子への愛情が再燃し始めた。やはり、結婚相手は華子しかいないと思う。落ち着いていて、話が合い、フィーリング、感性が一致する。かと言って、千夏も好きだ。揺れる心。

食事が終わり、名駅周辺をブラブラとしてから、夕方、華子を時計台下で見送る時、華

子はすっかり上機嫌になっていて、広也も楽しかった。

「またね」

とお互いに気軽に別れの挨拶を交わして、別れていった。


翌週の平日。月曜日から水曜日まで、連続で千夏は喫茶店に出勤するから、「珈琲を飲みに来て」とショートメールが入っていた。どうやら、千夏は広也に会いたい一心で、アルバイトのシフトを増やしたようだ。

月曜日、火曜日と、広也が会社を定時で仕事を終え千夏の待つ喫茶店まで行くと決まって、千夏が広也のお気に入りの街の夕焼けが見える西向きの窓際の席まで通してくれて、何も言わないのに千夏のその日お勧めの珈琲とケーキを差し出してくれた。嬉しそうな満面の笑顔で。夕日が沈み辺りが暗くなり、広也の両親から「夕食はどうするの？」と携帯電話に連絡が入り、広也は会計を済ませる為に千夏のもとに行くと、彼女はまた、心から嬉しそうな笑顔を見せた。広也が店の自動ドアを出る時に千夏の方を振り返ると、千夏は胸の横辺りで小さく手を振っていた。

水曜日。この日も千夏から店に来るように催促のショートメールが入っていたので、店に寄るつもりが、仕事で残業が入った。千夏のいる店に立ち寄ったのが二十時近くになっ

てしまった。何時もの席に通されると、千夏は、

「今日は遅かったですね。仕事が忙しかったのですか？」

と、首を傾げて言った。優しい、思いやりのある表情で。広也が残業になってしまった件を千夏に告げると、千夏は、

「今日、九時で喫茶店の仕事終わりなんです。私の家まで、広也さんの車で送ってくれませんか？」

と、微笑みを口元に湛えて言った。突然の事で広也は一瞬、判断に困ったが、本能的に、

「はい」

と答えていた。千夏がどんな家庭で育ったのか、千夏の実家を見てみたら、彼女自身をより理解できると思ったからだ。何より、この暗い中、女の子である千夏に独りで駅までの道のりを歩かせたくなかった。

二十一時前まで、広也は千夏の仕事ぶりを眺めていた。よく動き、きめ細やかな気配りをして、接客している。時折、広也と目が合うと、微笑み返してきた。店は閉店が二十二時だが、千夏の家は門限があるらしい。何時も、二十一時まで仕事をして、帰路に就いているという。

彼女の終業時間になる十分前に会計を済ませて、駐車場に停めた車の中で、音楽を聴き

ながら彼女を待っていた。何だか、楽しくてしようがない。だが、華子と結婚を前提に正式に付き合っていると広也は自分自身で決めている。それなのに、千夏との恋人と友達の間のような関係を、断ち切れないでいる。

千夏が店の裏口から、私服で出てきた。ポロシャツに丈の短いスカートで、暗がりの中、太股から下の足が少し生白く、暗闇に浮かんでいた。若さが溢れんばかりの格好である。

「待ちましたか？」

車のドアを千夏が自分で開け、助手席に座るなり、彼女の第一声。広也は、

「シートベルトをして」

と首を横に振って言って、車の前方を向きサイドブレーキを解き、アクセルをゆっくり踏み込んだ。広也が家族以外の女性を助手席に乗せて運転するのは、華子以来、二人目である。何だか、後ろめたさと楽しさを天秤に掛けたら、後ろめたさの方が重かった。素直に、千夏に対して心を開けない。

そんな広也の心の内など知らずに、千夏は一方的に大学とアルバイトの話をしていた。運転しながらそれを聞き、千夏は何て善い娘なのだろうと胸の痛みを広也は感じていた。やがて、カーナビが千夏の教えてくれた住所に着いた旨を伝えた。

「ここでいいです。この家が私の家です」

やはり、千夏が助手席から窓の外に指さした家は豪邸だった。広也の家が敷地面積六十坪程度なのに比べ、千夏の家はその数倍はあろうかという庭があり、駐車場には車が三台停まっている。

車から降りようとする千夏が、広也に口づけをねだった。広也は目を閉じた千夏の右頬に軽くキスをした。目を開けた千夏は、満足そうに微笑んで、

「またね」

と言って車を降りて、その家の灯りの漏れる玄関に入っていった。

広也は、これが最後の思い出だなと思い、涙が溢れそうになった。華子を振って、千夏を選ぶわけにはいかない。後は、千夏にどう謝ろうかと考えて、広也は自宅までの車の中で思案していた。

第六章　終　息

神は小生意気な人間の言語に『韻』を架けられた。

人種の違う人間同士が使う外国語同士に。日本語の「です」が良い例だ。日本語では敬語でも英語圏では「死」を意味する言葉だ。出張した日本人が、日本語で「私は日本人です」と挨拶したら馬鹿だ。日本語を知らない外国人なら不快に思うだろう。むしろ、笑われるかもしれない。

そのような例は幾つでもある。英語で「ＢＵＳ」という大型の自動車を「バス」と発音しているが、日本人がそのままに読むと「ブス」となる。まるで醜い物を指すような韻を踏まされている。

車の「エンジン」にしろ、「猿人」と韻を踏まされている。車が全くもって、環境汚染を引き起こし、危険極まりない発明だからだ。「ＣＡＲ」は日本語読みで「カー」。カラスの鳴き声でお寒いという韻だ。カラスは元来、不吉で死者の死肉を食らう、人間にとっては忌み嫌われる鳥である。神が人間に与えた無限の予知と韻である。

言語学については、専門外なので、ここまでに留める。音楽でいうヒップホップというジャンルのラッパーが、韻を踏んでいるので、説明するまでもないだろう。恐らく、人間に神が最初に与えられた言葉は、「あー」だとか、「うー」だとか、唸り声、産声だっただろう。


人間は地球という母星を作り変え過ぎたのではないだろうか。道路を舗装したり、ビルディングを建てたり。このままでは、地球は太陽系の太陽から三番目に近い惑星としての周回軌道を逸してしまう気がする。

月についてもそうだ。月面基地などもっての外だろう。月は小さい衛星なので、直ぐに何処かに吹っ飛んでしまう。月が無くなると、地球の海の満ち引き、海流が無くなり困る。魚達に異変が生じるだろう。多くの人間は、肉と同じように、魚をタンパク源としている。脳の働きにも魚の持つ成分は貢献している。それは、地球上の生物が海から発生したとされているからに違いない。

地球が無くなったら、何かのアニメーションのように、宇宙空間に巨大な居住コロニーを造ればいい。そんな簡単な問題ではない。まず、重力をどのようにして発生させるかだ。

地球に匹敵する重力下でなくては、人間は不自由をする。重力が無い状態では人間の筋力が自然と退化するし、地球より大きな惑星に引っ越しを出来ても高重力下では人間は地面に平伏させられてしまう。環境に適応できる人が何人いるかだろう。

なにより、そんな閉鎖された空間内では、自然に人間は退化していき、想像の宇宙人「グレイ」と同じになってしまう。終いには、微生物まで退化するに違いない。神は、人間に如何にして地球を脱出出来るか、又は大切に出来るか問うているのである。

地球から一番近い、大気を持つ惑星を発見出来ても、永い宇宙旅行になる。そのような惑星に辿り着くには、光の速さで移動しても、数万年かかると言われている。第一、そこに知的生物が住んでいたら、宇宙人扱いされてしまう。映画の世界の宇宙戦争の勃発である。それも侵略者として。

慣性の法則では、物質はそこに止まろうとする力と、その速度を保とうとする力が働く。電車に乗っていると、電車の動き出し時には乗員はその場に止まろうとして進行方向と逆側に体が傾く。速度を上げる加速度が発生するからだ。速度が一定になると、人間も同じ速度で動いているので立っていても安定している。今度は、電車が止まる時に、人間は持っている速度が減速するので、前のめりに傾く。

これを光速まで加速する事を考える。光速まで一気に加速すると、加速度Gがかかり過ぎて、人間は気分を悪くするどころか壁に叩きつけられてペシャンコになる。減速する時も同じである。一旦、光速まで加速出来たら、光速宇宙旅行は可能かもしれない。だが、現実的に、電子を大規模な施設で加速させるのとは、人間では訳が違う。光速航行を可能に出来ても、永い何万年の旅である。現在の人間の祖先、クロマニヨン人の歴史が一万年から二万年だと考えると、気の遠くなる話だ。千年、万年の歴史の何と遠い事か。

宇宙に一つたりとも同じものは存在しない。

元素にしてもそうだ。水素を考える。一つの陽子の周りに一つの電子が回っている。それらは全て異なっている。何故なら、元素は平面ではなくて、立体だからだ。電子が陽子の周りを回る軌道も異なるに違いない。それぞれが微妙に振動するから、同じ軌道を回っている電子は皆無だ。あるものは電子が縦に回っていて、あるものは斜めに回っている。電子の回転の時間的なズレもある。だから、同位体を考えなくても、同じ水素原子といえども全て別物である。本当に、極限まで同じに近い性質を持っているのである。周期や族を考えなくても。

陽子についても未だ、未解明な点が多い。衝撃を受けた時に、陽子や中性子が弾性的に凹むのか、崩壊するのか、それとも形を変えないかだ。もっと、細分化出来る存在かもしれない。

地球にしてもそうだ。太陽の周りを毎回、同じ軌道で回っているはずがない。常に、座標も異なってくる。恐らく、太陽系の惑星の周回軌道に相当のブレがあるはずだ。宇宙が膨張しているなら。

人が毎日、通勤したり、通学したりする事を考える。同じ道を行き帰りしているように思えても、歩幅も違えば、靴裏が踏む地面の場所も違う。毎日、必ずすれ違う人も右側だったり、左側だったりする。

太陽系もそう考えると、それぞれの惑星がバラバラに動いていて、中心の太陽も常に形を変える。歳も重ねる。

だから、宇宙は絶えず形を変化させている、不均一なものと断定出来る。海に同じ波が二度と来る事が無いように。人間と違い、宇宙は二の舞を演じない。

相対的と絶対的という言葉がある。相対的は比較出来るもの。絶対的は普遍的なもの。

宇宙は果たしてどちらか？

人は時として最善の選択をしない。迷いや、欲や、同情等、その時々の感情が働くからだ。

広也は決断していた。今週末の日曜日に、千夏に別れを告げようと。

金曜日の仕事の終わり時間になった。父から携帯電話に電話が入り、直ぐに家に帰宅するようにとの事。

「はてな？」

広也は疑問に思った。今日は金曜日。仕事帰りに同僚と、近くの飲食店で食事でもして帰りたい。同期の仕事仲間とした約束をキャンセルして、車で急いで自宅の一軒家に帰宅した。

広也の自宅には二台分の駐車場があり、一台、見知らない車が停まっている。広也は、普段停めない方に自分の車を後方から駐車して、玄関のドアを開けた。

「広也！」

広也の父が、玄関を入ってきた広也を一喝した。

「居間に入って来い」

広也が父の叱責を受けるのは高校生の時以来だ。思わず、広也の心は委縮した。何事かと思い居間の扉を開けて広也が中に入ると、見知った年配の女性がソファーに座っていた。

華子を紹介してくれた仲人の、父の友人の妻の人だ。大の大人の広也が、体を小さくして年配の女性の正面のソファーに座った。

これから起こる事は解っていた。華子との話が破談になったという話をされるのだ。千夏との関係が判って。

「広也さん」

広也がソファーに座った途端に、年配の女性が話し掛けてきた。広也はうつむいた顔を上げた。年配の女性は優しい顔をしている。父が広也の斜め前のソファーに腰かけて腕を組んで怒った顔をしている。部屋に母はいない。三人だけだ。

「広也さん。今、華子さん以外にお付き合いしている女性がいらっしゃるの？」

広也の全身の筋肉が微動して、顔が強張った。

「はい」

広也は素直に小声で呟いた。

「どんな関係ですか？」

続けざまに女性が訊いてきた。広也はとうに観念している。大人として、この自分の無責任な行いの責任を取る時。

「デートを一度しました。肉体関係はありません」

それを聞いて、女性は少し考え込んだ。女性は広也の真意を探るように、広也の目を真っ直ぐに見ている。父は微動だにせず口を出さない。恐らく、興信所を使い、広也のここ数週間の行動を調査したのだろう。全て、見られているに違いない。

やがて、女性が優しい笑顔をして、

「華子さんはたいそう広也さんを気に入っています。相手の女性と縁を切って頂ければ、広也さんとの結婚を望んでいます」

広也にとってはその言葉は意外だった。当然、破談になると思っていた。改めて、華子の落ち着きや思いやり、心の深さ、思慮深さ、慈悲の心を知った。華子を裏切っていた広也を許して、結婚を望むというのだ。間に合う。広也はそう感じた。

「私の行いを華子さんは許してくれるというのですか？」

広也ははっきりとした口調で、女性に問い掛けた。

「許すも何も、元々、二人はお似合いのカップルですよ」

女性は慣れた感じで広也を諭した。こんなケースは幾らでもあったのだろう。先程は諦めていた華子との関係が続く。恐らく、ここで年配の女性に全て任せて、善い返事をすれば。

広也は決断した。千夏ではなく、やはり華子を選ぶべきであると。千夏にはこれからもっと自分より条件の良い男性が現れると確信している。自分には華子も千夏も不釣り合いだが、女性は華子が自分にお似合いと言ってくれている。千夏の本当の幸せを考えれば、自分は千夏から身を引くべきである。

「では、このまま華子さんと結婚を前提にお付き合いさせて下さい」

広也は率直に女性の目を真っ直ぐに見て言った。年配の女性はその言葉を聞き、安堵の表情を微かに浮かべた。

それからは、父と年配の女性との談笑の時間になった。それを見て、広也は年配の女性に礼を言うと、二階の自分の部屋に上がって考えに耽った。勿論、千夏に別れを告げなければならない。人生で初めての経験だ。胸の奥が苦しく、何だか失いたくない大事なものを無くしてしまう気分に陥った。同時に、結婚相手が確定もした。憂鬱、喪失感、安心感。何だか嫌な男になった気分で、千夏と華子に今度会った時に、どんな顔をすればよいか分からなかった。

第七章　別れ

人類は勘違いしている。

太陽神信仰がその例である。昼は太陽の神、夜は夜の神が支配しているとの信仰が一般的だ。

しかし、昼を考えてほしい。昼は太陽が燦々と照っていてまるで太陽しか宇宙に存在していないように思える。しかし、それは間違いだ。太陽の圧倒的な光量が、他の恒星の光を隠しているに過ぎない。太陽の後ろで恒星が光を放っているのに、宙《そら》が明るくて恒星の光が肉眼で見えない。それが真実だ。

一方、夜は太陽が地球の裏側にあるから、宙《そら》が真っ暗になり、星々の輝きが地球上の半分の人類の肉眼で見る事ができる。それらの星々を信仰してもよいはずである。勿論、太陽系に暮らす人類が太陽神を信仰するのは当然である。太陽の恩恵を被って、人類は暖かい地球上で生活が出来るのだから。

しかし、夜も同時に信仰すべきである。星々の信仰である。星占いなどがそれに当たるに違いない。夜空を眺めて、星座を愛でる。そういった信仰をしていた部族も、地球上には数多く存在している。

神が与えてくれた生命に必要な物。恒星から出る熱。大気。水。この三つはどうしても絶対不可欠な物である。

では、人が死んだら何処に行くのかという疑問がある。霊体である。物理学的観点からは、そんなものは存在しないと否定されてしまう。一笑に付されるだろう。しかし、動物は確実に物質と霊体の融合体である。それでなければ、人が死んだ時に、生と死の間が存在しないからだ。

霊体が体から抜け、人は死ぬ。それが成り立たなければ、一度死んだ人が、また生き返る事もある。それを可能に出来るのが神である。神は人から命を奪う。病気、交通事故、老衰、その他。それらは、その人が生きてきた業から決断される。

同時に、ある一定の基準をクリアすると新たな生命として生まれ変わるのではないか。宇宙の何処かで。前世の記憶を一部持って。

寝ている時に見る夢とは不思議である。行った事のある風景も夢に出てくれば、行った事の無い風景も夢に見る。鳥のように空も飛び、人から逃げ回ったりする。思春期を迎えた男子は知らない女性との性交渉を夢に見て、夢精して初めて性に目覚める。

学者の中には、夢は脳の整理をする機能が働くために見ると言う人もいるが、それは先に述べた事からも懐疑的だ。空なんて、生身で飛んだ人類もない。天井の高さや、屋根の高さで。

宇宙は混沌と言っても、やはりある程度の秩序は存在する。絶対的な秩序かもしれない。だから仮に生命の住む惑星が他に存在していたとしても、植物もあるし、微生物も、昆虫も、動物も、鉱石もあるのではないか。不思議な生命も稀に居るかもしれないが、やはりそこは構成元素が同じなら、有機生物が主流で、無機生物の存在は疑わしい。もっとも、気まぐれで、気難しい、ユーモア溢れる宇宙を創られた神である。岩石のような生命も存在するかもしれない。

宇宙が自然発生したと考えるのが人間である。それは宇宙を科学で理解するよりほかに、微小な少数民族である人類に術がないからである。何せ、猿人の歴史も入れてたかだか三百万年の歴史しか持たない生命である。それが何故か、地球の食物連鎖の頂点に立っている。

神学的観点から言うと、何と幼い生物なのか。かつて、地球上で恐竜が繁栄を極めた時代が数億年間あった。数億年とは、如何に永い期間か想像出来ない。恐らく、恐竜は神域に達した生命だろう。神には到底及ばないが、神に認められた生命。それが、罰を受けて絶滅の危機にさらされたのか、その多くが神に召されたのか。一部の痕跡を人間に残して。

この事から考えても、地球は人間の所有物ではなく、神、即ち宇宙からの借り物である。だから、土地の所有者も変わるし、物の所有者も変わる。もっと細かく言えば、人間一人を構成している物質、有機物、無機物、更に細密に言えば元素までも、借り物で地球上の中で循環して再利用されている。

要するに、本当の宝物または家族、恋人、友人、祖先の形見、家宝等を除いて、領土や物に執着する必要はないのである。

神は直接、人間の頭に働きかけてくる。善意や悪事など。その瞬間の閃きまでも。だから、企業として開発した製品も、人類の営みを善くも悪くもするし、善くする場合は全人類の共通の財産になる。知識さえも。

ただし、個人個人の努力を神は評価、採点する。それにより、試験の合否が決まったり、試合の結果を左右する事もある。だから、奇跡的な大逆転が起こるのだ。神を敬う祈りや儀式、舞をして事に臨むのも、験を担ぐのもまた、古来より神との対話で行われてきた事だ。

たとえ、この事実を認めたくない人がいて、それを否定しても、事実なのである。

現世で苦労し、善い行いをし、実直に生きた人はやはり死後の苦しみも少ない。逆に、暴利を貪り、欲望のままに生きた人は死後苦労する。一般的な考え方である。要するに、この世とあの世では立場が逆転する可能性がある。誰かの為に尽くして死んでいった人は神に評価されるだろう。絶えず自己反省を繰り返す人も、気さくな人も。

やはり宇宙の法則も、正義は正義、悪は悪なのだ。善行は良く、悪行は悪い。

自己否定と自己肯定。悪行をしたら自分の存在を否定する。しかし、自己を否定しているだけでは生きていけず自殺してしまう。だから、今度は自己を肯定してやる。自分の良い所を自己認識し、才能を伸ばすのだ。

生きる為にはどうしても動物を食べていかないといけない。弱肉強食で、人間はどんな動物も食する事が可能になっている。しかし、昔は、コロッセオでライオンと人間を素手で戦わせていた時代もあった。素手でライオンに勝てる人間はいない。武器あっての人間の力。幾ら人間同士で力比べをしてどちらが強いか比較しても、所詮は人間同士の戦い。

自然界では人間は弱い者だ。
海に小船で繰り出せば嵐にあい遭難するし、山に独りで迷い込めば猛獣に襲われ、餓死もするし、凍え死ぬかもしれない。

人間の王朝で、人類の発生から現在まで続いた国は無い。必ず、他国に侵略された歴史がある。企業もそうだ。長く続いても数百年だろう。栄枯盛衰。それが人類の歴史だ。争いと侵略の。
それを神は好まない。だから、神の罰を人は受ける。もっと、人は平等で、助け合い生きてきた時代があった。神との対話の時代である。石器時代の話か、稲作時代の話かは判らない。人はもっと純粋に神の下、素直に健全に愛情を持って人生を生きるべき時がきた。自我を通して神を無視してはいけない。宇宙を創造され、生命を与えてくれた神あっての人間なのだ。別に宗教がどうのこうの言っているわけではない。信仰の話だ。

土曜日の夜が明けた。広也は昨晩の事が思い出される。人生で最大の決断であり、分かれ道である。この選択は、自分自身のこの先の人生を変えるだけではなく、華子、千夏、彼女達を取り巻く全ての人達に大きく影響してくる。

一晩睡眠を取ったら、少し吹っ切れた。少なくとも、プロポーズをした華子は傷つけなくて済む。後は、如何に千夏を傷つけずに、納得してもらい、後を引かずに別れを告げられるかだ。

二十歳の娘にそれが出来るか。それは、千夏がどれだけ広也を想っているかの度合いによるが、恐らく彼女の心に大きな傷として、一生残してしまうだろう。それを承知で、千夏ではなく、華子を選ぶ。神が与えた運命で、それに従うべきだった。仲人の女性、父、華子の事を考えると。先に付き合ってしまったのが華子で、プロポーズも済ませているのだから。それを自分の我儘で今更覆すと、多くの人の運命を変えてしまう。

明日の日曜日。千夏と最後の日を過ごそうと思う。それだけは、華子に許してほしかった。それで別れを告げる。残酷な事だ。男女関係がこんなに難しいものだとは、広也は知らなかった。恋愛経験が無いからだ。

最後に何か、記念になる物を千夏に渡そうと考えたがやめた。未練を残すし、千夏がそれを捨てなかったなら、余計に可哀想だから。また、千夏の心を広也に留めて心を弄ぶ事になる。

華子にメールを打った。

「明日、友達の女の子とショッピングに行きますが、ただの友達なので気にしないで下さい」

　というような内容で。

　千夏にもショートメールを打った。明日、映画を二人で観たらそこで食事をしようと。華子と千夏からそれぞれ了解のメールが直ぐに来た。華子は大人びた内容で、千夏は嬉しそうな内容の返信メールだった。

　華子は全て承知で広也を思慮深い心で許してくれている。千夏は事の成り行きを知らずに浮かれ気分だろう。千夏の事を考えると胸が張り裂けそうに苦しい。まさか、あまり女性に相手にされなかった自分が、そんな酷い結末を相手に下す事になるとは。


　目覚めたら朝だった。未だ、窓から射す明かりが薄暗い。夜中に何度も千夏の夢を見て目覚めた。寝汗をかくほど、現実味を帯びている夢で、千夏に恐ろしく非難された。そのせいか、眠気がまだ残っている。

　シャワーを浴びて、なるべく格好の悪い、華子と出会う前のような服を着て出掛ける事にした。見栄えを良くし、格好良い自分を印象付けていたが、その千夏の広也への勘違いを解こうと思った。本来の広也は、女性にモテない、極普通の男で、千夏が広也を理想の男性と思い込んでいるに過ぎないと考えていた。

待ち合わせは、みよし市の映画館の入った例のデパートの喫茶店だった。店に三十分前に着くと、既に千夏が二人用テーブルのある椅子に座っていて、大きく広也に手を振っている。広也は申し訳なく思いつつも手を振り返したが、今日は千夏との別れの時間まで明るく振る舞おうとしていたので、笑顔で席に向かった。

このデパートは大きな商業施設なので、時間を費やすのに事欠かない。ウィンドウショッピング、ゲームセンターでの百円玉の無駄使い、スポーツ店での靴選び、本屋での立ち読み、アクセサリーの試着。色々な事をして広也と千夏は時間を費やした。そして、夕食の時間になり、何を食べようか二人で話し合った。結局、千夏の提案でパスタを食べる事にした。いかにも女の子らしいなと広也は思った。

パスタを食べる千夏のフォークとスプーンの使い方は上品で、育ちの良さを感じさせた。器用にスプーンの窪みの中で、フォークを使いパスタを巻いて食べる。一方、広也は、フォークだけを使い、蕎麦を食べるように、パスタを口に入るだけ頬張り、長さも量も関係なく歯で噛み切っては食べていた。

食べ終わり、珈琲を飲んでいる時、千夏に別れを告げようと考えたが、店内ではなく店の外の人気の無い所で実行する事にした。ここでは、あまりに別れを告げるには安っぽいと思った。せめて、最後くらいは、彼女をなるべく傷付けずに終わりたかった。

食事を終わり商業施設の屋外に出ると、外は真っ暗だった。駐車場の電灯の光が疎らな車のボンネットを照らしている。宙を見上げたら、やはりここは半分田舎なので、満天の星空だった。千夏も広也が宙を見上げたら、釣られて宙を見上げている。

広也は自動販売機で冷たい缶珈琲を二つ買って、駐車場の隅にあるベンチに腰かけて千夏にも腰かけるように勧めた。千夏が隣に座ると缶珈琲を一つ手渡した。千夏は顔が笑顔を保っているが口数が減ってきた。

しばらく二人で夏の夜空を見上げていた。星座の名前は分からないが、一等星が煌びやかに所々、輝いていた。広也は今しかないと決断した。

「俺、結婚を前提に付き合っている女性が他にいるんだ」

はっきりとした口調で言葉を繰り出した。辺りは、低く植林された垣根で虫の鳴き声がしている。千夏は宙を見上げたままだ。広也が千夏の顔を覗き込んだら、やはり眼から小粒の涙が頬に流れているのが、暗がりの中見えた。

「知ってたよ！」

千夏が急に広也の顔に向き直り、広也の言葉に答えた。涙は乾いていないが、顔は晴れ晴れとしている。

「広也さんが、私を選んでくれると思ってた」

広也は、「ではどうして俺と付き合ったのだ」と考えたが、この世代の女の子の気持ちは察する事が出来ないでいた。

「お別れだね」

千夏が言った。広也はそれを聞き、はっきりと大きく頷いた。

「友達に迎えに来てもらうから、車で送ってくれなくていいよ」

それを聞き、

「ごめんなさい」

と広也は言い、ゆっくりとベンチから立ち上がり、駐車してある自分の車の方に歩き出した。十歩ほど歩いた所で、後ろを振り返ると、千夏が顔を両手で覆い、嗚咽を漏らして大泣きしていた。

永遠のさよならだ。そこで初めて広也は理解した。千夏の本当の気持ちを。

千夏には自分よりもっと善い人が現れる。広也はそう感じていたから歩みを止めずに車に戻り帰路に就いた。

その夜。広也が布団に横になり眠る時になり、部屋の天井を見上げたら、急に悲しみが込み上げてきた。あんなに善い娘は、一生巡り会えなかっただろう。広也は寝返りを打ち、男泣きした。

第八章　幸せな結末

宇宙は人間中心ではなく、宇宙が中心で回っている。

人は誰しも自分中心に物事を考えてしまう。かつて、太陽は地球の周りを回っていると人は考えていた。その前は、地球は平面で出来ていて、海の果ては滝のように水が流れ落ちているとさえ考えていた。それを逆信仰と呼ぶ事にする。

人は英雄を好む。歴史上では、好戦的で、どれだけ人より強くて人を殺し、手柄を立てたかで地位が決まった。それらの人は本当に神なのかという疑問が浮かぶ。恐らく、それらの人達は奈落の底に今はいる。


本当の神は決して戦わない。無限の力を持っていて、そんな些細な事に興味が無いか、若しくは長い時間を掛けて罰を与える。人が一匹の微生物を殺すのに、全人類の総力を挙げて全力で攻撃を加える事をしないように。それこそが幼い人間の子供のする虐めだからだ。

人間は宇宙の中では本当に微細である。人生は、一寸先は幸福でもあり、闇でもある。何時、命を落とすかも分からない。

自己否定と自己肯定。これを絶えず繰り返し人は生きている。ここで、宇宙では自己否定が正、自己肯定が負ということだ。根拠の無い自信は、他人を傷つける。本当に強い人は他人にも気さくで優しい者である。虐めをする者は、知能指数が低く、大抵、自分より強い者には媚び諂う。

人は一つの道を極めようとする。それは良い事だ。しかし、一つの事を追究すると頭が固くなり、技術者に陥ってしまう。それに対し、多くの事を学ぼうとする人を研究者という。研究者はあらゆる角度から物事を見るから、頭が柔らかく新しい発明をする。

新しい発明や考え方は、時として多くの人間に反発され迫害される。しかし、一歩引いてみて、よくその事象を熟考してみる。すると、なんと工程の削減になって便利になっている事か。

だから、最近の子供達は、あらゆる機器に慣れているから頭の回転が早く柔軟だ。それは何時の時代にも言える。若者は頭の回転が早く、老人は知識を溜め込んでいる。それが世の中の仕組みになっている。だから流行は必ず若者から発生し、高年齢層へ伝わっていく。反対に、人生経験を積んでいる高齢の人は失敗が少ない。既にあらゆる事を学んでいるから。

宇宙にその考え方を広げてみると、人間よりもっと発達した生命は幾らでも存在していて、高等で争いを好まないのではないか。それが宇宙を創り賜うた神に及びはしないが、僅かに悟って近付いた神域である。神に認められた存在。

生命が自然発生するわけがない。神が有機物に生命を与え賜うて、その後の経過を見て、審判をしているように思える。生命の定義が、生きているという定義が曖昧なのも不思議だ。息を引き取った人間の身体と、生きている人間の身体の違いは何だ。魂の存在である。

魂自体が未だ、何なのか解明出来ていないが、恐らく神が与えたものである。人間で言うと、人間を構成する細胞が一つ一つ生きているのと、人間一個人が生きているのでは意味が違う。それが魂の存在だ。

脳死の例を挙げてもそれが言える。脳死に陥っても、心臓が人体に血液と栄養を提供しているから、身体の細胞は生き続ける。不思議な事だ。

では、脳を持たない単細胞生物には魂が無いのかという問題になってくる。生きている事と、魂を持っている事は別物なのだ。生命の神秘。神の領域。

植物の木は数千年生きるものもある。だが、動けずに、その場に佇んでそれだけの長い時間を生きる事が幸せか。私は動いて、太く短くても人間として生きたい。人間は、地球の生命の頂点に立っているから。

また、医学の進歩によって子供の死亡率が極めて低い。

しかし、野生に生きる動物や魚等は、子供のうちに命を落とす。他生物に捕食されるからだ。何と、人間の幸せなことか。生きているということの幸せなことか。

その裏には神の審判がある。如何にその幸福な生命として生まれた状況を、自分自身で一生のうちで認識できるかを、神は人間に問うているのだ。だから、より誠実に、謙虚に、勤勉に、真面目に、正義感を持って生きられるか。それが、神が人間に与えた使命。

神は宇宙に溶け込んで、宇宙の隅々まで見渡している。

華子との結婚式の日程が決まった。それからはその準備で忙しく、広也が会社に出勤しても同僚に冷やかされたり、祝福されたり、仕事をしていても落ち着かなかった。

千夏と別れてから、会社帰りに千夏のいる喫茶店に行くのは止めた。千夏からも、電話もショートメールも来なくなり、広也からも連絡を取らなかった。

華子は千夏の事を何も聞かなかった。落ち着いていて、尚且つ嬉しそうにしているだけだった。広也は華子の心中を測りかねていたが、華子がそれで良いなら自分から敢えて話そうとはしなかった。

式は約三カ月後で、華子がそうしてくれと広也の家族に提案した。急だと思ったが、華子の気持ちは急いているのだろうと思った。広也はもう、気持ちが揺らぐ事がない自信があったから、どうせなら気候の良い時期にしたかったが、華子の気持ちを尊重した。

式は洋装で行う事にした。華子がウェディングドレスを着たいと言ったからだ。広也は無宗教者だから、正直和装でも洋装でもどちらでもよかった。

華子とは一週間に必ず一度は会って、式の話やら、お互いの事を話し合った。

ある日。季節は秋に差し掛かっていて、紅葉も始まろうとしていた時期。華子が紅葉を見たいとデートの途中で言い出した。時間は昼下がりで、場所は名駅だ。秋の日の暮れるのは早い。これから何処に行くにしても日が暮れる。

愛知県でも岐阜県でも三重県でも行ける位置にいる。しかし、華子はどうしても足助のほんの東にある香嵐渓に行きたいと言ったので彼女の意見を尊重して、名駅近くの駐車場に止めてある広也の車で向かうことになった。

豊田市までは道路が混雑しておらず、順調に車で向かえたが、右手に巴川が見える国道一五三号に入った時点で渋滞につかまった。どうやら、皆考える事は同じのようで、紅葉を見に行く車渋滞だった。

香嵐渓は豊田市の東方の山麓にあり、山の紅葉が綺麗な場所になっている。幅広の川があり、夏は子供達の水遊びや鮎釣りの場として賑わう一方、秋には東海地方きっての紅葉の名所として賑わう。

渋滞につかまって小一時間。辺りは日が暮れて暗くなってきて、前方は車のテールランプの赤い光が連なっている。流石に、広也も焦りを感じていた。香嵐渓は携帯電話で検索したところ、もみじのライトアップがあると載っていたので、暗くても大丈夫だろうと思うが、到着が遅くなればそれも終わり、駐車場も止められるかさえ分からない。

華子はそんな広也の考えを知らず、辺りが暗い音楽の流れる車内で、楽しそうに広也に話し掛けてきている。結局、香嵐渓に着いたのが二十時過ぎで、それから空き駐車場を探すのに十分はかかった。

車から降り、華子と川沿いに出ると、人でごった返していた。どうやら、紅葉のライトアップ目当ての混雑のようだ。山麓のため、丈の短いコートからでも、肌寒さを感じる。香嵐渓の川沿いに屋台が出ていて、ライトアップ以上に秋の夜の地上を明るくしている。花火を観に行った時を、広也は思いだしていた。

ゆっくりとした歩調で、香嵐渓の西寄りの川縁を華子と広也で歩いた。ライトアップがされているのは川の東寄りの山の斜面である。こちら側は屋台が並んでいて、広也は華子に、

「何か食べようか？」

と言ったが、華子は、

「お腹いっぱいだからいいよ」

と言って、広也の提案を軽く断った。

広也は心が満たされて、幸せを感じていた。今まで生きてきた中で、こんな人生で至福の時は無かった。周りも老若男女の子供連れの家族や恋人達で溢れかえっている。背の高い光沢を放つダウンジャケットを着たイケメン男性と美女のカップルや、はしゃぎ回る子供をあやす中年の夫婦、白髪の老人夫婦。そんな中に、広也と華子も結婚を控えた落ち着いたカップルとして混じっている。

やがて、川の南側の大きな橋に差し掛かったので、橋を渡っていると川のせせらぎが聞こえてきた。人が多すぎて、先程まで雑踏の中、聞こえなかった音。華子が立ち止まり、欄干に両腕を掛け、暗い川面を覗き込んでいる。広也もそれに合わせ、何か見えるか見てみた。

「蛍いないね」

華子が呟いた。蛍が初夏の風物詩という事を、都会育ちの華子は知らない。

「いないみたいだね」

広也もそんな華子に合わせて答えた。一瞬、二人に沈黙が走った。

華子は暗い川面を見ながら暫く黙っている。そして沈黙の後に、

「浮気しないでね。結婚したら」

と突然、華子が柔らかい口調で言った。広也は胸が飛び跳ねそうになったが、直ぐに冷静を取り戻した。忘れかけていた千夏の事を思い出した。

「ごめん」

広也はそうとだけ答えた。華子は表面にこそ出さないが、心の中にはわだかまりが残っていて傷ついているのだろう。

それから、広也と華子は腕を組んで、ライトアップされている川の山麓の道を歩いた。

華子は機嫌をなおしたのか、よく話した。

結局、華子を星ヶ丘駅で車から降ろしたのは、二十三時過ぎになっていた。広也は自宅への車での帰り道、決して華子を泣かせる事はしないようにと誓っていた。

第九章　結　章

この世に存在する物質の中で光は特別だ。闇を照らし、原始宇宙に灯を照らした。言い換えると、宇宙は悠久なのでこの表現は間違っている。人間の有限の考え方、脳が理解する上での仮定の定義として、原始宇宙があったと私は考えている。宇宙は驚くべき世界だから。アメージング、そんな言葉が一番合う。

光の質について言及してみると、光にも色々と種類はある。恒星から出る光、蠟燭の光、蛍光灯の光、蛍等の生物が出す光。それらは全て同じ光なのか疑問が残る。それらの光速自体も一緒なのか、それともほぼ近いのか。

もっとも、宇宙に同じ環境は存在しないので、条件は整わない。第一、真空自体造り出せない。原子や分子が一つも無い状態なんて不可能だ。それに、人間には未だ未知の存在物質もある。

一般的な光と言えば、太陽の光である。これから出る光子の光速が真空中で一定とすると、絶対的なものだ。

では、蛍光灯を考える。蛍光管の中で光が発生して、蛍光管のガラスを通る時に、光の速度が減速する。物質中では、真空中より光速が落ちるからだ。それで、ガラスを通り抜けた瞬間に、元の速度に戻るとしたら、その加速する原動力は何なのか？　加速度を発生させる物が空気の密度の薄さでは説明がつかない。光は絶対的なものという事になる。

生物が光を発するのは酵素の反応によるものと思われる。何故、それで光が発生するのかは謎だが。理論的には解るが、太陽が光を発するのとは訳が違う。太陽の光の届く地上で、光の出し方を覚えた蛍や発光虫達。深海の底で、発光する事を覚えた水棲生物。その違いは、と問われれば、答えに困る。

光子自体、全て全く同じものかも解らない。弾性物質なのか、塑性物質なのかさえ。人間には解明不可能に思われる。

宇宙は神秘に満ちている。楽しくもあり、悲しくもあり、厳しくもある。秩序と混沌が混在している。

結婚式の数日前。華子と広也で、名古屋市の栄のデパートで買い物をしていた。丁度、昼食をとる為に入った店でテーブルに腰掛けると、向こうのテーブルに千夏がいた。同じくらいの年齢の女の子達数人と食事をしているところだ。楽しく談笑している。

狭い日本だ。こんな事はしょっちゅうあるが、千夏が居るのである。運命とは時として、非情だ。心の何処かが疼いた。

広也は席を立ち、華子に、

「店を変えよう。今日は日本料理が食べたい」

と言った。華子が、「そう」と言い、席を立とうとした瞬間、千夏と広也の目があった。広也はまずいと思ったが、意外にも千夏はニッコリと笑って手を軽く振って、また他の女子との談笑に戻っていった。

それを見て広也は安堵した。途端に、懐かしさが込み上げてきたが、華子が席を立ったので、広也は千夏に背を向け店の出口へと向かっていた。顔は笑顔である。

もう会う事がないように思えて、会える人がいる。それがこの星だ。人間の感情は不思議で、好きだった人が嫌いになったり、嫌いだった人を好きになったりもする。広也は千夏の事を一生忘れないし、好きでいると感じた。だが、それは華子に対する裏切りではないように思える。

黄色い落ち葉が敷き詰められた歩道を歩いていると、華子が広也の腕を組んできた。広也は思い切って、それを振り解き、華子の手を握った。華子は驚きもせず、広也の掌を強く握り返してきた。もう初冬だというのに、暖かい日差しが照っている。

二人は手を繋ぎ、人気の疎らな遊歩道の真ん中を、お互いに人生の伴侶として歩んでいった。

終わり

あとがき

読者の皆様。小説『悠久の宇宙の中の三人』を読んで頂き、誠に有難うございます。

この小説は、私が苦労していた時期に書いた物語です。物語には、節々に私の人生の振り返りや戒めが書かれています。

絶望とは、希望を生みだす準備期間です。絶望していた時に、希望の光が見え、自分自身が進む正しい道が見えてくるものです。


人間の価値というものは、果たして給与や地位で決まるものなのでしょうか？　私は違うと考えています。今まで生きてきた人生を通してどれだけ物事を学んで、努力してきたかであると思います。

私が常日頃、不思議に思っているのは、人類が悪い方向に向かっているのではないかということです。昔、「三高」という言葉が流行りましたが、それ以外の人は価値が無いのでしょうか？

たとえ、「三高」では無くても、中身の詰まった立派な成人男性は沢山います。欲望と理性は反比例するからです。自分の人生を通して、どれだけ多くのことを学んできたかで、人間の価値は決まり、肌の下の脳や体が詰まってくると考えています。

人は常に流され易いものです。しかし、自分自身の直感を信じて、常に学んでいけば、大きな失敗を繰り返さずに、必ず最高に幸せな時が訪れます。本当に好きな人に愛されて、何の不満も不自由もない時です。

私は、勉学も、スポーツも、趣味も、特技も、多彩だと自負しています。それは、永い準備期間を通して我慢して、慎重且つ大胆に生きてきたと思っているからです。

この物語は、男性側から見た理想論です。しかし、女性の気持ちも重視して書き上げています。読者の皆様には、この小説を通して、何らかの教訓なり、知識なり、憧れを抱いて頂けたら執筆した甲斐があったと、著者である私も喜ばしいことであります。

最後に、この小説を出版するにあたり、お世話になった出版社の方々に、お礼を申し上げます。

河野　弘景（こうの ひろかげ）

1973年９月27日、埼玉県生まれ。東京都、神奈川県で育ち、愛知県を経て静岡県在住。神奈川県横浜市立釜利谷中学校卒業。神奈川県横浜市立金沢高校卒業。名古屋大学工学部材料工学科卒業。豊田市の自動車部品会社へ就職後、10年強勤め上げ退職。趣味はサーフィン、スノーボード、スケートボード、音楽鑑賞、将棋、カラオケ、作画、サッカー、テニス、バスケットボール。

［ホームページ］
宇宙の小説（novels of universe）
https://www.hirokage.com/

悠久の宇宙の中の三人

2019年２月15日　初版第１刷発行

著　者　河野弘景
発行者　中田典昭
発行所　東京図書出版
発売元　株式会社 リフレ出版
〒113-0021　東京都文京区本駒込 3-10-4
電話 (03)3823-9171　FAX 0120-41-8080
印　刷　株式会社 ブレイン

ISBN978-4-86641-138-5 C0093
Printed in Japan 2019

ご意見、ご感想をお寄せ下さい。
［宛先］〒113-0021　東京都文京区本駒込 3-10-4
東京図書出版